U0116457

陳平原 主編

三聯人文書系

江曉原 著

中國科學文化九章

三聯人文書系

主　　編　陳平原
責任編輯　楊　昇
書籍設計　任媛媛

書　　名　中國科學·文化九章
著　　者　江曉原
出　　版　三聯書店（香港）有限公司
香港北角英皇道四九九號北角工業大廈二十樓
Joint Publishing (H.K.) Co., Ltd.
20/F., North Point Industrial Building,
499 King's Road, North Point, Hong Kong
香港發行　香港聯合書刊物流有限公司
香港新界大埔汀麗路三十六號三字樓
印　　刷　陽光（彩美）印刷有限公司
香港柴灣祥利街七號十一樓B十五室
版　　次　二〇一九年五月香港第一版第一次印刷
規　　格　大三十二開（141×210 mm）三〇四面
國際書號　ISBN 978-962-04-4392-3
© 2019 Joint Publishing (H.K.) Co., Ltd.
Published & Printed in Hong Kong

總序

陳平原

老北大有門課程，專教「學術文」。在設計者心目中，同屬文章，可以是天馬行空的「文藝文」，也可以是步步為營的「學術文」，各有其規矩，也各有其韻味。所有的「滿腹經綸」，一旦落在紙上，就可能或已經是「另一種文章」了。記得章學誠說過：「夫史所載者，事也；事必藉文而傳，故良史莫不工文。」我略加發揮：不僅「良史」，所有治人文學的，大概都應該工於文。

我想像中的人文學，必須是學問中有「人」——喜怒哀樂，感慨情懷，以及特定時刻的個人心境等，都制約着我們對課題的選擇以及研究的推進；另外，學問中還要有「文」——起碼是努力超越世人所理解的「學問」與「文章」之間的巨大鴻溝。胡適曾提及清人崔述讀書從韓柳文入手，最後成為一代學者；而歷史學家錢穆，早年也花了很大功夫學習韓愈文章。有此「童子功」的學者，對歷史資料的解讀會別有會心，更不要說對自己文章的刻意經營了。當然，學問千差萬別，文章更是無一定之規，今人著述，盡可別立新宗，不見得非追韓摹柳不可。

錢穆曾提醒學生余英時：「鄙意論學文字極宜着意修飾。」我相信，此乃老一輩學者的共同追求。不僅思慮「説什麼」，還在斟酌「怎麼説」，故其著書立説，「學問」之外，還有「文章」。當然，這裡所説的「文章」，並非滿紙「落霞秋水」，而是追求佈局合理、筆墨簡潔，論證嚴密；行有餘力，方才不動聲色地來點「高難度動作表演」。

與當今中國學界之極力推崇「專著」不同，我欣賞精彩的單篇論文；就連自家買書，也都更看好篇幅不大的專題文集，而不是疊床架屋的高頭講章。前年撰〈懷念「小書」〉的短文，提及「現在的學術書，之所以越寫越厚，有的是專業論述的需要，但很大一部分是因為缺乏必要的剪裁，以眾多陳陳相因的史料或套語來充數」。外行人以為，書寫得那麼厚，必定是下了很大功夫。其實，有時並非功夫深，而是不夠自信，不敢單刀赴會，什麼都來一點，以示全面；如此不分青紅皂白，眉毛鬍子一把抓，才把書弄得那麼臃腫。只是風氣已然形成，身為專家學者，沒有四五十萬字，似乎不好意思出手了。

類似的抱怨，我在好多場合及文章中提及，也招來一些掌聲或譏諷。那天港島聚會，跟香港三聯書店總編輯陳翠玲偶然談起，沒想到她當場拍板，要求我「坐而言，起而行」，替他們主編一套「小而可貴」的叢書。為何對方反應如此神速？原來香港三聯書店向有出版大師、名家「小作」的傳統，他們現正想為書店創立六十週年再籌劃一套此類叢書，而我竟自己撞到槍口上來了。

記得周作人的《中國新文學的源流》一九三二年出版，也就五萬字左右，錢鍾書對周書有所批評，但還是承認：「這是一本小而可貴的書，正如一切的好書一樣，它不僅給讀者以有系統的事實，而且能引起讀者許多反想。」稱周書「有系統」，實在有點勉強；但要說引起「許多反想」，那倒是真的——時至今日，此書還在被人閱讀、批評、引證。像這樣「小而可貴」、「能引起讀者許多反想」的書，現在越來越少。既然如此，何不嘗試一下？

早年醉心散文，後以民間文學研究著稱的鍾敬文，晚年有一妙語：「我從十二三歲起就亂寫文章，今年快百歲了，寫了一輩子，到現在你問我有幾篇可以算作論文，我看也就是有三五篇，可能就三篇吧。」如此自嘲，是在提醒那些在「量化指標」驅趕下拚命趕工的現代學者，悠着點，慢工方能出細活。我則從另一個角度解讀：或許，對於一個成熟的學者來說，三五篇代表性論文，確能體現其學術上的志趣與風貌；而對於讀者來說，經由十萬字左右的文章，進入某一專業課題，看高手如何「翻雲覆雨」，也是一種樂趣。

與其興師動眾，組一個龐大的編委會，經由一番認真的提名與票選，得到一張左右支紬的「英雄譜」，還不如老老實實承認，這既非學術史，也不是排行榜，只是一個興趣廣泛的讀書人，以他的眼光、趣味與人脈，勾勒出來的「當代中國人文學」的某一側影。若天遂人願，舊雨新知不斷加盟，衣食父母繼續捧場，叢書能延續較長一段時間，我相信，這一「圖景」會日漸完善的。

最後，有三點技術性的說明：第一，作者不限東西南北，只求以漢語寫作；第二，學科不論古今中外，目前僅限於人文學；第三，不敢有年齡歧視，但以中年為主——考慮到中國大陸的歷史原因，選擇改革開放後進入大學或研究院者。這三點，也是為了配合出版機構的宏願。

二〇〇八年五月二日

於香港中文大學客舍

目錄

期刊江湖篇

自序

學界比較常見的情形是，學者的「成名作」往往就是他的博士論文，此後也沿著這個方向長期研究下去，所謂「術業有專攻」，此之謂也。有的人甚至誇張地認為，學者一旦研究了某個課題，他就有義務終身研究或關注這個課題，這顯然是一種偏執的觀點。

當然也有不循此例的，獲得博士學位之後就將研究興趣轉向了別處，我本人就屬此種情形。我的博士論文是研究明清之際耶穌會士在華傳播的歐洲天文學及其對中國學術和社會的影響，但一九八八年在中國科學院獲得博士學位之後，我的研究興趣很快延伸到了一些較遠的領域。按照學界朋友對我的評判，我的所謂「成名作」是下面這兩項工作：

一是拙著《天學真原》，一九九一年正式出版後，迄今已經在海峽兩岸至少出現了八個版本，版權至少已經流轉過四家出版社，目前最新的中文版權擁有者是上海交通大學出版社，二〇一八年出了新版。二是我領導團隊參加了「夏商周斷代工程」，用現代天文學方法，重現了武王伐紂的正確年份和全部伐紂之戰（包括戰前戰後的相關活動）精確到日的日程。

《天學真原》被北大、清華等著名高校的相關專業指定為研究生研讀的經典，權威學者們對此書頗多好評，給了「新紀元」之類的溢美之辭，此書還獲得了中國圖書獎、國家外譯資助等榮譽。《天學真原》之所以頗邀虛譽，是因為此書論述了中國古代天學獨特的社會和文化功能，揭示了合理解釋中國古代社會一系列特殊現象的路徑，被認為「是社會史綱領在中國古代科學史研究中少有的成功範例」，具有某種「示例」作用。

我多年來一直有兩大毛病：一曰好古成癖，二曰不務正業，所以在從事天文學史和科學史的正業之餘，也經常旁鶩到別的領域。一九九九年我從工作了十五年的中國科學院上海天文台調入上海交通大學，創建了當時中國的第一個科學史系——上海交通大學科學史與科學哲學系（二〇一二年被學校升格為科學史與科學文化研究院）。此後我的學術興趣又延伸到了更為廣泛的領域。

不過我在那些領域從事研究時，依仗的工具始終未完全離開科學史。我曾半開玩笑地自稱「拿著科學史牌槍械的越界狩獵者」。在那些按照傳統觀念不屬於科學史領地的獵場上，有時「科學史牌槍械」確實相當好用，所以往往也頗有收穫。

在這本小集子中，我收入了九篇文章，分為四個單元：

「天學」兩篇，是我最初的「正業」。
「性學」三篇，是我幾乎和「正業」同時起步的「副業」之一。
「歷史人物」兩篇，仍可劃歸經典的科學史範疇。
「期刊江湖」兩篇，是我近年和拍檔「越界狩獵」的成果。

選擇這些文章的標準，一是嚴肅，二是有趣。持此標準來衡量，我那兩項「成名作」的有關文章，嚴肅有餘，趣味不足，就不選進這樣的小書中折磨讀者了；還有一些不務正業之作，趣味有餘，但因不是學術文本形式，與本叢書體例不合，也未選入。

二〇一八年四月五日
於上海交通大學科學史與科學文化研究院

天學篇

耶穌會士與哥白尼學說在華的傳播

——西方天文學早期在華傳播之再評價

引言

明末耶穌會士來華，以傳播西方科學技術知識作為打入中國上層社會的手段，以幫助他們的傳教活動。在耶穌會士傳播的科學技術知識中，天文學知識最為重要。這是因為，在中國漫長的封建社會中，天文曆法向來被視為王權得以確立的必要條件和象徵，【一】而耶穌會士恰好獲得了運用他們的天文學知識為明廷修曆的機會。正是通過修曆，耶穌會士得以直接接觸中華帝國的最高統治者，並進入中國社會的上層，從而使他們的傳教事業一度站穩了腳跟。

對於耶穌會士在中國傳播西方天文學的動機，很多人士作過論述。認為這是一種幫助傳教的手段，基本上可以成為定論。然而，動機與效果並不是一回事。對於耶穌會士在中國傳播西方天文學的客觀效果，學者們的看法很不一致，甚至是明顯對立的。雖然有人主張「由於他們的活動形成了中國與西方近代科學文化的早期接觸」，【二】因而應該肯定他們的功績。但公開表達這種觀點的人相當少，因為在上個世紀的很長時期中，人們不大敢談論耶穌會士的功績。更有影響的則是流行已久的「阻撓説」，其説認為，「正是由於耶穌會傳教士的阻撓，直到十九世紀初中國學者（阮元）還在托勒密體系與哥白尼體系之間徘徊」，【三】並進而論定：「近代科學在中國當時未能正式出現，那阻力並不來自中國科學家這方面，而來自西方神學家那方面。」【四】

但是，評價一種活動的歷史功過，不應該主要從這種活動的動機出發，更不應該從某些現成的、未經深入考察的觀念模式出發，輕率作出結論。特別是，如果那些模式是出於某種非學術的原因而被虛構出來的（詳見下文），就更容易將討論引入歧途。

鄙意以為，對於耶穌會士在中國傳播西方天文學的歷史功過，應該從史料出發，並結合中西天文學發展的歷史進程及當時的歷史背景，針對這種活動本身，以及這種活動所產生的客觀效果，進行實事求是的研究，以得出盡可能公允的評價。這正是本文打算進行的嘗試。

【一】關於此一結論之詳細論證，參見以下兩書：江曉原：《天學真原》（瀋陽：遼寧教育出版社，一九九二年；又台灣洪葉文化事業有限公司，一九九五年）；江曉原：《天學外史》（上海：上海人民出版社，一九九九年）。

【二】例如林健：〈西方近代科學傳來後的一場鬥爭〉，《歷史研究》，一九八〇年第二期。

【三】何兆武、何高濟：《利瑪竇中國札記》中譯本序言（北京：中華書局，一九八三年），頁二〇。

【四】何兆武：〈略論徐光啟在中國思想史上的地位〉，《哲學研究》，一九八三年第七期。

一、第谷體系在當時不失為先進

耶穌會士湯若望（Adam Schall von Bell）等人在編撰《崇禎曆書》時採用了第谷（Tycho Brahe）的宇宙體系而未採用哥白尼（Nicolaus Copernicus）的日心説，通常被認為是「阻撓」了中國人接受日心説，因而其心可誅。為此我們有必要先考察第谷體系，看它在當時究竟是先進還是落後，然後再探討「阻撓説」能否成立。

這裡還需要注意的是，在評價一個歷史事物時，如果籠統地、不加推敲地使用「先進」或「落後」這類概念，很容易帶來混亂，而無助於問題之討論。因此我們必須從三個方面對第谷體系進行考察：

（一）「先進」與否因時間而異

哥白尼之《天體運行論》（*De Revolutionibus*）發表於一五四三年，今天我們從從歷史的角度來評價它，謂之先進，固無問題，但十六、十七世紀的歐洲學術界，對它是否也作如是觀？而且，當時學者之懷疑哥白尼的日心説，並不是沒有科學上的理由。

日心地動之説，早在古希臘時代阿斯塔克（Aristarchus）即已提出，但始終存在著兩條重大反對理由——哥白尼本人也未能駁倒這兩條反對理由。第一條，是觀測不到恆星的週年視差（地球如確實在繞日公轉，則從其橢圓軌道之此端運行至彼端，在此兩端觀測遠處恆星，方位應有所改變），這就無法證實地球是在繞日公轉。哥白尼在《天體運行論》中只能強調恆星非常遙遠，因而週年視差非常微小，無法觀測到。【一】這確實是事實。但要駁倒這條反對理由，只有將恆星週年視差觀測出來，而這要到十九世紀才由貝塞爾（F. W. Bessel）辦到——一八三八年他公佈了對恆星天鵝座六十一觀測到的週年視差。【二】第二條理由被用來反對地球自轉，認為如果地球自轉，則垂直上拋物體的落地點應該偏西，而事實上並不如此。這也要等到十七世紀伽利略（Galileo Galilei）闡明運動相對性原理以及有了速度的矢量合成之後才被駁倒。因此在耶穌會士修撰《崇禎曆書》時（一六二九—一六三四年），哥白尼學說並未在理論上獲得勝利。當時歐洲天文學界的大部分人士對這一學說持懷疑態度，正在情理之中。

【一】Copernicus. *Commentariolus*, see E. Rosen (trans. With introduction and notes). *Three Copernican Treatises*. Dover Publications. 1959.

【二】布拉德雷（J. Bradlay）發現了恆星的週年光行差，作為地球繞日公轉的證據，和恆星週年視差同樣有力，但那也是一七二八年之事了。

作為和本文論題密切相關的歷史背景，我們應該對當時的歐洲天文學界有一個正確的瞭解。多年來一些非學術的宣傳品給公眾造成了這樣的錯覺：似乎當時除了哥白尼、伽利略、開普勒（Johames Kepler）等幾人之外，歐洲就沒有其他值得一提的天文學家了。又因為羅馬教廷燒死了布魯諾（Giordano Bruno）（其實主要不是因為他宣傳日心說）、審判了伽利略，就將當時的情形簡單化地描述成「神學迫害科學」、「宗教與科學鬥爭」，進而將當時的許多學術之爭都附會到這種「鬥爭」模式中去。[一] 而實際上，當時歐洲還有許多天文學家，其中名聲大、地位高者大有其人，正是這些天文學家、天文學教授組成了當時的歐洲天文學界。其中有不少是教會人士（哥白尼本人也是神職人員），參與在華修曆的耶穌會士如湯若望、鄧玉函（Joannes Terrenz）等人皆是此界中人——鄧玉函且與伽利略、開普勒皆有很好的私交。伽利略、開普勒等人率先接受日心說，固屬出乎其類，拔乎其萃，足證其偉大，但這並不能成為當時懷疑日心說的人士「反動」、「腐朽」的證據。

第谷就是日心說的懷疑者之一。他提出自己的宇宙新體系（*De Mundi*，一五八八年），試圖折衷日心與地心兩家。儘管伽利略、開普勒不贊成其說，但在當時和此後一段時間裡第谷體系還是獲得了相當一部分天文學家的支持。比如雷默（N. Reymers）的著作（*Ursi Dithmarsi Fundamentum Astronomicum*，一五八八年），其中的宇宙體系幾乎和第谷的一樣，第谷還為此與他產生了發明權之爭。又如丹麥宮廷的「首席數學教授」、哥本哈根大學教授朗高蒙田納斯（K. S. Longomontanus）的著作《丹麥天文學》（*Astronomia Danica*，一六二二年）也是採用第谷體系的。直到雷喬里（J. B. Riccioli）雄心勃勃的巨著《新至大論》（*New Almagest*，一六五一年），仍主張第谷學術優於哥白尼學說。該書封面插畫因生動反映了作者這一觀點而流傳甚廣：司天女神正手執天秤衡量第谷與哥白尼體系——天秤的傾斜表明第谷體系更重，而托勒密體系則已被委棄於女神腳下。

（二）「先進」與否因判據而異

當時許多歐洲天文學家認為第谷體系足以與哥白尼體系並駕齊驅甚至更為優越，除了上述兩條關於日心說的反對理由之外，他們還有自己的判斷依據。他們當時的判斷依據是否和我們今日所用的相同，這一點對於本文的論題至關重要——先前許多討論都是因為忽

【一】這種模式先前曾在蘇聯的一些讀物中流行，後來在上個世紀五十年代被中國的普及讀物廣泛採用，而一個人少年時代所接受的觀念，往往會根深蒂固地留在頭腦中，結果許多當代作者就依舊重複著上述模式。

視了這一點而陷於混亂。

我們今日認為哥白尼體系「先進」，主要是用「接近宇宙真實情況」這一判據。但是這一判據只有我們今日才能用，因為現在我們對宇宙的瞭解已經大大超越了前人，我們將今日所知之太陽系情況定義為真實，回頭看前人足跡，誰較接近，則謂之先進；而當時人們對日心還是地心尚在爭論不休，尚未有一個公認的「標準模型」，如何能使用這條判據？

另一個判據，現代學者多喜用之，即「簡潔」。但這一判據其實對哥白尼體系並不十分有利。多年來許多普及讀物給人們造成這樣的印象：托勒密體系要用到本輪、均輪數十個之多，而哥白尼日心體系則非常簡潔。許多讀物轉載了哥白尼表示日心體系的那張圖。【一】那張圖確實非常簡潔，然而那只是一張示意圖，並不能用它來計算任何具體天象。類似的圖托勒密體系也有，一套十多個同心圓，豈不比哥白尼體系更加簡潔？【二】而實際情況是，哥白尼要描述天體的具體位置時，仍不得不使用本輪和偏心圓——地球需要用三個，月球用四個，水星用七個，金星、火星、木星、土星各用五個，共計三十四個之多。【三】這雖比托勒密體系的七十九個圓少了一些，但也沒有數量級上的差別。而且，哥白尼是個「比托勒密（Claudius Ptolemaeus）本人更加正統的『本輪主義者』」。【四】

這裡需要附帶說一句，「簡潔」並不是一個科學的判據，因為它是以「自然規律是簡潔的」為前提，而這無疑是一個先驗的觀念——事實上我們根本無法排除自然規律不簡潔的可能性。

第三個判據，是從古希臘天文學開始一脈相承，直到今天仍然有效的，即「對新天象的解釋能力」。一六一〇年伽利略發表他用望遠鏡觀測天象所獲得的六條新發現，其中有兩條對當時的各家宇宙體系提出了嚴峻挑戰。當時歐洲的宇宙體系主要有如下四家：

1. 一五四三年問世的哥白尼日心體系；
2. 一五八八年問世的第谷准地心體系；
3. 當時尚未退出歷史舞台的托勒密地心體系；
4. 當時仍然維持著羅馬教會官方哲學中「標準天文學」地位的亞里士多德（Aristotle）

【一】該圖的手稿影印件可見 N. M. Swerdllow, O. Neugebauer. *Mathematical Astronomy in Copernicus' De Revolutionibus*. Springer-Verlag. 1984. 572。

【二】A. Berry. *A Short History of Astronomy*. Dover Publications. 1961. 89.

【三】A. Berry. *A Short History of Astronomy*. 121.

【四】A. Berry. *A Short History of Astronomy*. 123.

「水晶球」地心體系。【二】

伽利略發現了金星有位相（即如月亮那樣有圓缺），這一事實對上列後兩種體系構成了致命打擊，因為這兩種體系根本無法解釋金星位相。但是哥白尼和第谷的體系則都能夠圓滿解釋金星位相，所以在「對新天象的解釋能力」這條判據之下，第谷仍能與哥白尼平分秋色。

最後是第四個判據，也是天文學家最為重視的判據，即「推算出來的天象與實測吻合」。此一判據古今中外皆然，明清之際中國天文學家則習慣於以一個字表達之，曰「密」，即計算天象與實測天象之間的密合程度。然而恰恰是這一最為重要的判據，對哥白尼體系大為不利，而對第谷體系極為有利。

那時歐洲天文學家通常根據自己所採用的體系編算並出版星曆表。這種表給出日、月和五大行星在各個時刻的位置，以及其他一些天象的時刻和方位。天文學界同行可以用自己的實測來檢驗這些表的精確程度，從而評價各表所依據之宇宙體系的優劣。哥白尼的原始星曆表身後由萊茵霍爾德（E. Reinhold）加以修訂增補之後出版，即普魯士星表（*Tabulae Prutenicae*，一五五一年），雖較前人之表有所改進，但精度還達不到角分的數量級——事實上，哥白尼對「密」的要求是很低的，他曾對弟子雷蒂庫斯（George Joachim Rheticus）

表示，理論值與實測值之間的誤差只要不大於10'，他即滿意。【二】而第谷生前即以擅長觀測享有盛譽，其精度前無古人，達到前望遠鏡時代的觀測精度最高峰。例如，他推算火星位置，黃經誤差小於2'；他的太陽運動表誤差不超過20"，而此前各星曆表（包括哥白尼的在內）的誤差皆有15'—20'之多。【三】行星方面誤差更嚴重，直到一六〇〇年左右，根據哥白尼理論編算的行星運動表仍有4°—5°的巨大誤差，故從「密」這一判據來看，第谷體系明顯優於哥白尼體系，這正是當時不少歐洲學者贊成第谷體系的原因。

特別值得注意的是，以「密」定曆法——也即中國的數理天文學方法——的優劣，也是中國天學自古以來的傳統。既然耶穌會士想說服中國人承認西方天文學優越，他們當然最好是拿出在當時中國人的判據下為優的東西來給中國人。這東西在當時不能是別的，

【一】關於「水晶球」體系，參見江曉原：〈天文學史上的水晶球體系〉，《天文學報》，一九八七年第二十八卷第四期。

【二】A. Berry. *A Short History of Astronomy*. 128.

【三】J. L. E. Dreyer. *Tycho Brahe: A Picture of Scientific Life and Work in the Sixteenth Century*. Edinburgh: Adam & Charles Black. 1890. 334.

只能是第谷體系。

（三）第谷體系相對於中國傳統方法的先進性

不少人云亦云的文章都說，當時耶穌會士所介紹的以第谷體系為基礎的西方天文學是「陳舊落後」的。但是「先進」和「落後」都是有時間性的，第谷體系以今視之固為落後，但是和當時中國傳統的天文學方法相比，究竟是先進還是落後，只有對有關史料進行考察之後才能下結論。

《明史．志．曆一》中，載有當時天文學上「中法」和「西法」直接較量的史料八條，包括日食、月食、行星運動三個方面。這八次較量都是完全以「密」為判據的——雙方預先公佈各自推算的未來天象，屆時由各地觀測的結果來衡量誰的推算準確。對於此八條珍貴史料，筆者先前已經逐一作過考證，此處僅列出這八次較量的年份和天象內容：

一六二九年，日食。

一六三一年，月食。

一六三四年，木星運動。

一六三五年，水星及木星運動。

一六三五年，木星、火星及月亮位置。
一六三六年，月食。
一六三七年，日食。
一六四三年，日食。

這八次較量的結果竟是八比〇——中國的傳統天文學方法「全軍覆沒」，遠不及「西法」準確。其中三次發生於《崇禎曆書》編成之前，五次發生於編成並「進呈御覽」之後。到第七次時，崇禎帝「已深知西法之密」。最後一次較量的結果使他下了決心，「詔西法果密」，下令頒行天下。可惜此時明朝的末日已經來臨，詔令也無法實施了。【一】

而且必須強調指出，能夠顯示「中法」優於「西法」的材料，在《明史·志·曆》中一條也沒有！這就有力地表明：當時耶穌會士和徐光啟、李天經等人所掌握的以第谷體系為基礎的西方天文學方法，較之中國傳統方法，有著極為明顯的先進性。這當然是以「密」為判據的——值得注意，即使是反對西法的保守派如冷守忠、魏文魁等人，也完全贊成以

【一】請見江曉原：〈第谷（Tycho）天文體系的先進性問題〉，《自然辯證法通訊》，一九八九年第十一卷第一期。

「密」為判據來定優劣，所以才屢屢和對手一同去進行實測檢驗。

多次實測檢驗無一例外皆為西法優勝，這就不是偶然的了。李約瑟（Joseph Needham）認為，當時耶穌會士所持西方天文學有以下六點較中國先進：【一】

1. 交食預報；
2. 以幾何方法描述行星運動；
3. 幾何學小日晷、星盤及測量上之應用；
4. 地圓概念和球面坐標方法；
5. 新代數學和計算方法、計算工具；
6. 儀器製造。

這是頗為全面的歸納。

這裡還有一個問題需要略加討論。當年王錫闡對於中法之負於西法不服，謂：「舊法之屈於西學也，非法之不若也，以甄明法意者無其人也。」【二】堅持認為中國傳統方法並不比西方的差，只是掌握運用未得其人，潛力尚未充分發揮，這才屈於西法。其說很容易從感情上在後世乃至當代獲得贊成者，然而無情的歷史事實是，西方天文學引入之後，中國學者競相學習，再也沒有人如王錫闡所希望的那樣以「甄明法意」為己任了。王錫闡本人是進行這種努力的最後一人，他的《曉庵新法》凝聚了他的心血，寄託了他的希望，然而並不成功。【三】再往後，現代形態的西方天文學全面植入中土，連中土的「法義」也成為歷史陳跡，當然更不可能證明中法會有多少「潛力」——中醫在西醫大舉進入後，至今保持生命力，可以證明它確實有潛力；而如今全世界都只有同一種天文學在實際運作，恐怕只能說明，眾多古老文明中的傳統天學，還沒有任何一個具有能與西方天文學相頡頏的潛力。

二、「阻撓說」完全不能成立

這裡要討論的「阻撓」，暫時僅限於天文學，即耶穌會士是否曾阻撓中國人接受哥白尼學說，乃至阻撓中國人接受近代天文學。至於本文後面的結論能否從「近代天文學」推

【一】〔英〕李約瑟：《中國科學技術史．第四卷》（北京：科學出版社，一九七五年），頁六四一——六四三。
【二】〔清〕王錫闡：〈曆策〉，載《疇人傳．卷三十五》。
【三】參見江曉原：〈王錫闡和他的《曉庵新法》〉，《中國科技史料》，一九八六年第九卷第一期。

廣至「近代科學」，茲事體大，非本文所擬論述。

（一）羅馬教廷對哥白尼學說態度之變化

這只需簡單列出一個大事年表即可，為了方便讀者掌握本文討論的線索，此處將一些有關事件也一併列入：

一五四三年，《天體運行論》出版。

一六一六年，伽利略受到宗教裁判所「訓誡」，被警告不得持有、傳播和捍衛日心說，只許將日心說視為假說，而不能視為真實的理論。《天體運行論》被列入《禁書目錄》。

一六三三年，伽利略受到宗教裁判所審判，被判處終身監禁，其著作《關於托勒密和哥白尼兩大世界體系的對話》被列入《禁書目錄》。

一七二八年，布拉德雷發現光行差，為日心地動學說提供了有力證據。

一七五七年，羅馬教廷取消對哥白尼日心學說的禁令。

一七六〇年，耶穌會士蔣友仁（Michael Benoist）向乾隆帝獻《坤輿全圖》，正面介紹了哥白尼日心學說。

一七九九年，阮元在《地球圖說》的序言中激烈攻擊哥白尼日心學說。

一八二二年，《關於托勒密和哥白尼兩大世界體系的對話》被從《禁書目錄》中刪去。其實在此之前該書早已在歐洲廣泛流傳。

（二）三位與哥白尼學說有關的來華耶穌會士

流行多年的「阻撓說」，其思路其實頗為簡單，可以歸納成一個三段論：

大前提：羅馬教廷仇視和害怕哥白尼學說（燒死布魯諾，審判伽利略）；

小前提：來華耶穌會士是羅馬教廷的忠實助手；

結論：來華耶穌會士仇視和害怕哥白尼學說。

根據這個思路，某些學者（包括對這一時期的中西方文化頗有研究的學者）認定，耶穌會士必定阻撓中國人接受哥白尼學說。

上面這個三段論，初聽起來似乎就像「凡人必有死，蘇格拉底（Socrates）是人，蘇格拉底必有死」一樣雄辯，其實是大有問題的。首先是大前提就不像「凡人必有死」那樣簡單；其次，更大的問題是，蘇格拉底是「人」的子集，而來華耶穌會士並不是「羅馬教廷」的子集，特別是在對待哥白尼學說的態度上，他們並不像有些人士想當然所臆斷的那樣，和審判伽利略時的羅馬教廷完全一致。早期來華耶穌會士中，至少有三位與在中國傳

播哥白尼學說有關：【一】

第一位是卜彌格（Michael Boym）。他在一六四六年將一套開普勒編的《魯道夫星表》（*Rudolphine Tables*）轉送到北京（《北堂書目第一九〇二號》），熱情稱讚此書「在計算日全食、偏食和天體運動方面是獨一無二的、最好的」。【二】該書是開普勒違背了第谷的意願而按照哥白尼體系編成的，其中大量採用了第谷的觀測成果，是當時最好的星表。

第二位是穆尼閣（Nicholas Smogulecki）。他曾在南京傳播哥白尼學說。這件事在國內不少讀物中還被編造成繪聲繪色的故事，流傳甚廣。

第三位是祁維材（Wenceslaus Kirwitzer）。他「肯定是一個哥白尼主義者」，【三】可惜在一六二六年短命而亡。

上述三人都是耶穌會士，而且發生的事又都在羅馬教廷「訓誡」伽利略並頒佈包括《天體運行論》在內的「禁書目錄」（一六一六年）之後，穆尼閣傳播哥白尼學說更在教廷審判伽利略（一六三三年）之後。這足以證明來華耶穌會士在此問題上並不是與教廷完全一致的。

此外，布拉德雷在一七二八年發現的光行差，為日心地動學說提供了有力證據，教廷在一七五七年取消了對哥白尼學說的禁令，於是法國傳教士蔣友仁在一七六〇年藉向乾隆帝獻《坤輿全圖》之機，介紹了哥白尼學說。蔣友仁也是耶穌會士。

（三）《崇禎曆書》對哥白尼學說的介紹和評價

我們再來看參與修撰《崇禎曆書》的幾位耶穌會士對哥白尼學說的態度。

參加這一工作的耶穌會士共有湯若望、鄧玉函、龍華民（Nicolaus Longobardi）、羅雅谷（Jacobus Rho）四人。清軍入關後，湯若望將《崇禎曆書》略加增刪改動，呈獻清廷，以《西洋新法曆書》之名頒行。故此書之最後刪訂者為湯若望。

《天體運行論》是修撰《崇禎曆書》時最重要的參考書之一。【四】湯若望等人大量引用了《天體運行論》中的材料，共計譯用了原書十一章的內容，引用了哥白尼所作二十七項

【一】〔英〕李約瑟：《中國科學技術史·第四卷》，頁六六五—六六六。

【二】P. M. D'Elia. *Galileo in China*. Harvard University Press. 1960. 53.

【三】P. M. D'Elia. *Galileo in China*. 25-28.

【四】耶穌會士攜來中國使用的《天體運行論》至少有兩種版本：一五六六年版及一六一七年版，分別編為《北堂書目》第一三八五號及一三八四號。見 *Catalogue of the Pei-t'ang Library*, Peking, 1949.401。

觀測紀錄中的十七項。【一】

更重要的是，他們還對哥白尼在天文學史上的地位，以及《天體運行論》的內容作了介紹和述評。這是哥白尼學說問世不到一個世紀時，耶穌會士在遠東對此所發表的述評，因而無疑是天文學史上的珍貴史料，有必要特別提出來討論。

《西洋新法曆書．新法曆引》中云：

> 茲惟新法，悉本之西洋治曆名家曰多祿某（按即托勒密）、曰亞而封所（按即阿爾方索十世，Alfonso X【二】）、曰歌白泥（按即哥白尼）、曰第谷四人者。蓋西國之於曆學，師傳曹習，人自為家，而是四家者，首為後學之所推重，著述既繁，測驗益密，立法致用，俱臻至極。

這裡將哥白尼列為四大名家之一，給予很高的評價，而且指出他的學說已經成為歐洲最有影響的天文學說之一。這樣的判斷是實事求是、恰如其分的。所謂「俱臻至極」，當然是指四家在各自的時代臻於至極，這也是符合實際情況的。

《西洋新法曆書．曆法西傳》中云：

有歌白泥驗多祿某法雖全備，微欠曉明，乃別作新圖，著書六卷。

接著依次簡述了《天體運行論》六卷的大致內容。這裡雖未談到日心說，但是：

1. 指出了托勒密體系「微欠曉明」，有不及日心說之處。

2. 指出了哥白尼有一個新的宇宙體系，即「別作新圖」（按照《西洋新法曆書》體例，各宇宙體系皆謂之「圖」）。

3. 指出了提出日心說的《天體運行論》，即「著書六卷」。

《西洋新法曆書．五緯曆指一》中則直接介紹了日心地動說中的重要內容：

今在地面以上見諸星左行，亦非星之本行，蓋星無晝夜一周之行，而地及氣火通為一球自西徂東，日一周耳。如人行船，見岸樹等，不覺己行而覺岸行；地以上人

【一】江曉原：《明清之際西方天文學在中國的傳播及其影響》，博士學位論文，北京，一九八八年五月，頁四〇。

【二】萊昂和卡斯提爾的國王（一二二三——一二八四年）。當時風行歐洲的《阿爾方索星表》和另一部天文學著作都歸在他名下，故竟得與另三人並列。

見諸星之西行，理亦如此。是則以地之一行免天上之多行，以地之小周免天上之大周也。

這段話幾乎就是直接譯自《天體運行論》第一卷第八章，【一】用地球自傳來說明天球的週日視運動。這是日心地動學說中的重要內容，很值得注意，儘管隨後作者表示他們贊同的是另一種解釋。【二】

《西洋新法曆書》是由湯若望定稿的，時間在一六四五年，已在教廷宣佈《天體運行論》為禁書和審判伽利略之後。作為一個耶穌會士，他能夠這樣介紹和評述哥白尼以及《天體運行論》，已屬難能可貴。他和另外三位耶穌會士在《崇禎曆書》中大量譯用《天體運行論》中的內容，也同樣是值得稱道的。

（四）來華耶穌會士是否進行了阻撓？

現在我們可以在歷史事實的基礎上來討論這個問題了：來華耶穌會士是否曾阻撓中國人接受哥白尼學說？答案顯然是否定的。

要是湯若望等人真的像某些人想當然的那樣，對哥白尼學說「恨得要死，怕得要命」，那他們完全可以在《崇禎曆書》中對哥白尼學說絕口不提，為何要既介紹其人，又介紹其書及地動學說？引用哥白尼的觀測紀錄，即使從技術角度來說有其必要，那也完全可以不提他的著作和「新圖」，更無必要將他列為四大名家之一，使之可以與托勒密和第谷分庭抗禮。而且，在一百多卷的《崇禎曆書》和《西洋新法曆書》中，除了上述「實非正解」，再沒有一句否定哥白尼學說的話。

所以，我們可以很有把握地指出，湯若望等來華耶穌會士不僅沒有阻撓中國人接受哥白尼學說，相反還向中國人介紹了這一學說的某些重要部分，給了這一學說很高的評價，對中國人瞭解、接受這一學說起了促進作用——儘管在程度上還是有限的。而且，在對待哥白尼學說的態度上，來華耶穌會士們和羅馬教廷並非完全一致。

【一】Copernicus. *De Revolutionibus*, *Great Books of the Western World*. Vol.16. Encyclopaedia Britannica. 1980. 519.

【二】「然古今諸士，又以為實非正解」——他們的「正解」，自然就是第谷體系。

（五）第谷體系在客觀上是否能產生阻撓作用？

第谷體系當然不是他閉門造車杜撰出來的，而是他根據多年的天文觀測——他的觀測精度冠絕當時——精心構造出來的。這一體系力求能夠解釋以往所有的實測天象，又能通過數學演繹預言未來天象，並且經得起實測檢驗。事實上，托勒密、哥白尼、第谷、開普勒乃至牛頓（Isaac Newton）的體系全都是根據上述原則構造出來的。而且，這一原則依舊指導著今天的天文學。今天的天文學，其基本方法仍是通過實測建立模型——在古希臘是幾何的，牛頓以後則是物理的；也不限於宇宙模型，比如還有恒星演化模型等。然後用這模型演繹出未來天象，再以實測檢驗之。合則暫時認為模型成功，不合則修改模型，如此重複不已，直至成功。當代著名天文學家丹容（A. Danjon）對此說得非常透徹：

> 自古希臘的希巴恰斯（Hipparchus）以來兩千多年，天文學的方法並沒有什麼改變。【一】

不少人士認為，耶穌會士在中國傳播的是「托勒密和第谷的唯心主義體系」，【二】或「托勒密的神學體系」，【三】至少是人云亦云的說法，源於對天文學及其歷史的無知。

這裡涉及中西天文學傳統中的兩個重大差異。

首先是對天象的描述方法。中國自古使用數值方法，通過近似公式——在本質上與巴比倫的週期公式相同——去描述天體運動；西方則至少從古希臘的歐多克索斯（Eudoxus）、希巴恰斯、托勒密以下，一脈相承，都用幾何模型方法。證明這兩種方法的優劣不是本文的任務（儘管結論是顯而易見的，畢竟中國傳統方法未能產生出現代天文學），但從《崇禎曆書》修成以後，幾何模型方法——即所謂西法——確實風靡了中國天文學界。中國學者認為西法的一個重要優越性，是可以提供對天象的解釋，而這種解釋是中國傳統方法所不能提供的。對此李之藻一六一三年在向朝廷推薦耶穌會士時說得非常明白：

> 其所論天文曆數，有中國昔賢所未及者。不徒論其度數，又能明其所以然之理。【四】

【一】〔法〕丹容：《球面天文學和天體力學引論》（北京：科學出版社，一九八〇年），頁三。

【二】辛可：《哥白尼和日心説》（上海：上海人民出版社，一九七三年），頁六二。

【三】《利瑪竇中國札記》中譯本序言，頁二一。

【四】〔清〕張廷玉等：《明史·志·曆一》（北京：中華書局，一九八〇年），頁五二九。

而明顯的事實是，這種用幾何模型描述天象的方法，在托勒密、哥白尼、第谷等人手裡沒有任何區別。因此從方法上來說，第谷體系不可能妨礙中國人接受哥白尼學說。

其次是宇宙模型問題。眾多的本輪、均輪偏心圓固然只是為了方便計算而假設的，並非實有其物，對此托勒密、哥白尼、第谷等人皆無異議，不少中國學者（包括阮元在內）也都明白這一點。但對於地心或日心這種模型的大結構，各家都認為是反映了宇宙真實情況的，而此種宇宙模型，在中國傳統天學中毫無用處，也從未產生過。因此哥白尼的日心模型也好，托勒密的地心體系也好，第谷的折衷體系也好，對中國學者來說都是外來的新事物，而它們在作為宇宙模型這一點上又是一致的，有什麼理由認為中國學者接受了第谷體系之後就會妨礙接受哥白尼學說呢？難道中國學者都是先入為主、不會思考之人，以致一旦接受了某種外來之說，就會一味盲從、從此拒絕一切別的更好的學說？

再次是歐洲天文學史所能提供的旁證。眾所周知，自托勒密以後一千數百年間，幾乎所有的西方天文學家，包括中世紀的阿拉伯天文學家，乃至哥白尼、第谷、開普勒等偉大的天文學家，無一不是從托勒密的天文學巨著《至大論》（*Almagest*）中汲取了極其豐富的養料——在這一千數百年間，《至大論》就是天文學的《聖經》。與此相仿，開普勒也從第谷的工作中獲得營養。托勒密、第谷體系在歐洲為哥白尼、開普勒提供了養料，成為他們前進的階石，難道到了中國就偏偏會成為人們接受後者的障礙？

（六）是阮元在阻撓中國人接受日心說

阮元直到十八、十九世紀之交仍堅決反對日心說。他又是乾嘉學派中的重要人物，對當時的中國學術界有相當大的影響，他之不接受日心說，被認為是耶穌會士「阻撓」之故，成為「阻撓說」的重要例證之一。而事實上這種說法是很難站得住腳的。

一七六〇年耶穌會士蔣友仁向乾隆帝獻《坤輿全圖》，其解說文字中明確主張哥白尼學說是惟一正確的。此圖雖藏於深宮，一般學者無由得見，但後來由錢大昕潤色，將圖中解說文字以《地球圖說》的書名出版（一七九九年）。阮元為此書作了序。阮元完全瞭解蔣友仁對哥白尼學說的全面介紹，然而真理的力量竟未能征服阮元，使他接受日心說。阮元恰恰是從耶穌會士那裡知道哥白尼日心說的，他自己拒不接受，怎麼能歸罪於耶穌會士的「阻撓」呢？

遍查《崇禎曆書》、《西洋新法曆書》以及明清之際來華耶穌會士撰寫的其他重要天文著作，除了前述「實非正解」一語，幾乎找不到有什麼攻擊、詆毀哥白尼學說的話語。而恰恰是阮元，不止一次攻擊、否定哥白尼的日心學說，例如他攻擊日心說，謂：

上下易位，動靜倒置，則離經畔道，不可為訓，固未有若是其甚焉者也。【一】

所以，要說有誰曾經阻撓過中國人接受哥白尼學說的話，那絕不是耶穌會士，而是「經筵講官南書房行走戶部左侍郎兼管國子監算學」阮元！【二】

三、耶穌會士的歷史功績

通過上面的討論不難看出：

第一，第谷體系在當時比哥白尼體系更「密」，因此耶穌會士不可能、也無必要用這個比較優越的體系來「阻撓」在當時看來還不那麼優越的哥白尼體系，而且在客觀上也做不到這一點。

第二，湯若望等人不僅不仇視哥白尼學說，事實上還向中國學者作了介紹和積極評價。

第三，最終向中國全面介紹哥白尼學說的仍是耶穌會士。

第四，如果說介紹了第谷體系，而未全面介紹哥白尼體系，就是「阻撓」中國人接受後者，那麼乾脆任何體系都不介紹又算什麼？恐怕反而不是阻撓了？

因此，「阻撓說」是一個在史料上既得不到任何支持，在邏輯上又非常混亂，純屬「想當然耳」的、蠻不講理的主觀臆斷之說。

在評價耶穌會士向中國人傳播西方天文學的歷史功過時，他們是否阻撓中國人接受哥白尼學說僅僅是一個方面。另一個方面是，耶穌會士是否只拿西方天文學中那些「陳舊落後」的內容來欺哄中國人？答案也是否定的。第谷體系在當時並不落後，耶穌會士選擇它有科學上的理由，已見前述。

此外，耶穌會士還曾將歐洲當時非常新穎的天文學成果介紹到中國。例如，《崇禎曆書》（《西洋新法曆書》）中介紹了不少伽利略、開普勒等人的天文學著作。

【一】〔清〕阮元編：《疇人傳·卷四十六》。

【二】阮元享壽頗高，他在一七九九年編撰《疇人傳》時明確排拒哥白尼學說，然而四十餘年之後，在《續疇人傳·序》中，他似乎轉而贊成地動之說了，但此時他又陷入另一種荒謬之中：「元且思張平子（按即張衡）有地動儀，其器不傳，舊說以為能知地震，非也。元竊以為此地動天不動之儀也。然則蔣友仁之謂地動，或本於此，或為暗合，未可知也。」將漢代張衡的候風地動儀猜測為演示哥白尼式宇宙模型的儀器，未免太奇情異想矣。

又如，伽利略用望遠鏡作天文觀測獲得的新發現，發表於一六〇九年的《星際使者》（*Sidereus Nuntius*），僅六年之後，來華耶穌會士陽瑪諾（Emanuel Diaz）的中文著作《天問略》中已經對此作了介紹。

再如望遠鏡，一六二六年湯若望的中文著作《遠鏡説》一書已經詳細論及其安裝、使用和保養等事項。而至遲到一六三三年，徐光啟、李天經先後領導的曆局中已經裝備此物用於天象觀測，上距伽利略首次公佈他的新發現不過二十餘年，這在當時應該算是非常快的交流速度了。

其實，耶穌會士向中國人介紹當時歐洲新的科學成果，本來是很容易理解的，因為他們試圖用這些科學成果打動中國學者，獲得中國學者的尊重，從而打開進入中國上層社會的道路。靠陳貨是辦不到的，因為當時中國傳統天文學畢竟仍有相當的水平。

但是，在評價耶穌會士傳播西方天文學的功過時，最重要的一點通常都被忽略了。而忽略了這一點，要想得到正確公允的評價是不可能的。

前面已經指出，天文學的基本方法從古希臘到今天是一脈相承的。因此以西方天文學方法為基礎的《崇禎曆書》（《西洋新法曆書》）是中國天文學從傳統向現代演變，走上世界天文學共同軌道的轉折點。而這部「西方古典天文學百科全書」在中國的廣泛傳播，以及耶穌會士在清朝欽天監兩百年的工作，無疑為這一演變作出了貢獻——這一演變如今早已完成。

明乎此，就不難看清，要正確評價耶穌會士在中國傳播西方天文學的功過，不能一味糾纏於中國學者接受哥白尼學說之遲早，卻不對天文學發展的歷史進行考察和理解。因為問題的關鍵並不在於中國人接受哥白尼學說之遲早（況且我們今天已經知道這一體系遠非宇宙的真實情況，只是人類探索宇宙的漫長階梯中的一級而已），而在於認識到，耶穌會士將西方天文學的基本方法和精神介紹給了中國學者，而且這種方法和精神與現代天文學是相同的。無論是用第谷體系還是用哥白尼體系——哪怕就是用托勒密的地心體系，甚至利瑪竇《乾坤體義》中的水晶球體系，都能產生同樣的效果！

故本文的結論是：

明清之際耶穌會士在中國傳播西方天文學，在客觀上完全是有功無過。他們的功績在於，使中國在十七世紀初即得以瞭解最終成長為現代天文學的西方天文學，並促進了中國傳統天學向現代天文學的演變，使中國開始走上世界天文學的共同軌道。

原刊《二十一世紀》二〇〇二年十月號

古代中國人的宇宙

引言

「時空」一詞，出於現代人對西文 time-space 之對譯，古代中國人則從不這麼說。《尸子》（通常認為成書於漢代）上說：

> 四方上下曰宇，往古來今曰宙。

這是迄今在中國典籍中找到的與現代「時空」概念最好的對應。不過我們也不要因此就認為這位作者（相傳是周代的尸佼）是什麼「唯物主義哲學家」——因為他接下去就說了「日五色，至陽之精，象君德也。五色照耀，君乘土而王」之類的「唯心主義」色彩濃厚的話。

在今天，「宇宙」一詞聽起來十分通俗（在日常用法中往往只取空間、天地之意），其實倒是古人的措詞；而「時空」一詞聽起來很有點「學術」味，其實倒是今人真正通俗直白的表達。

以往的不少論著在談到中國古代宇宙學說時，有所謂「論天六家」之說，即蓋天、渾天、宣夜、昕天、穹天、安天。其實此六家歸結起來，也就是《晉書．天文志》中所說「古言天者有三家，一曰蓋天，二曰宣夜，三曰渾天」三家而已。

本文將在梳理有關歷史線索的基礎上，設法澄清前賢的一系列誤解，並對如何評價歷史上的各種宇宙模式提出新的判據。

一、怎樣看待宇宙有限或無限的問題

既然「宇」是空間，「宙」是時間，那麼空間有沒有邊界？時間有沒有始末？無論從常識還是從邏輯角度來說，這都是一個很自然的問題。然而這問題卻困惑過今人，也冤枉過古人。

困惑今人，是因為今人中的不少人一度過於偏信「聖人之言」，他們認為恩格斯已經斷言宇宙是無限的，那宇宙就一定是無限的，就只能是無限的，就不可能不是無限的！然而「聖人之言」是遠在現代宇宙學的科學觀測證據出現之前作出的，與這些證據（比如紅移、3K 背景輻射、氦豐度等）相比，「聖人之言」只是思辨的結果。而在思辨和科學證據之間應該如何選擇，其實聖人自己早已言之矣。

今人既已自陷於困惑，乃進而冤枉古人。凡主張宇宙為有限者，概以「唯心主義」、「反動」斥之；而主張宇宙為無限者，又必以「唯物主義」、「進步」譽之。將古人抽象的思辨之言，硬加工成壁壘分明的「鬥爭」神話。在「文革」及稍後一段時間，這種說法幾成眾口一詞。直到今日，仍盤踞在不少人文學者的腦海之中。

首先接受現代宇宙學觀測證據的，當然是天文學家。現代的「大爆炸宇宙模型」是建立在科學觀測證據之上的。在這樣的模型中，時間有起點，空間也有邊界。如果一定要簡單化地在「有限」和「無限」之間作選擇，那就只能選擇「有限」。

古人沒有現代宇宙學的觀測證據，當然只能出以思辨。《周髀算經》明確陳述宇宙是直徑為八十一萬里的雙層圓形平面——筆者已經證明不是先前普遍認為的所謂「雙重球冠」形。漢代張衡作《靈憲》，其中所述的天地為直徑「二億三萬二千三百里」的球體，接著說：

> 過此而往者，未之或知也。未之或知者，宇宙之謂也。宇之表無極，宙之端無窮。

張衡將天地之外稱為「宇宙」，與《周髀算經》不同的是，他認為「宇宙」是無窮的——當然這也只是他思辨的結果，他不可能提供科學的證明。而作為思辨的結果，即使與建立在科學觀測證據上的現代結論一致，終究也只是巧合而已，更毋論其未能巧合者矣。

也有明確主張宇宙有限者，比如漢代揚雄在《太玄．玄摛》中為宇宙下的定義：

闔天謂之宇，闢宇謂之宙。

天和包容在其中的地合在一起稱為「宇」，從天地誕生之日起才有了「宙」。這是明確將宇宙限定在物理性質的天地之內。這種觀點因為最接近常識和日常感覺，即使在今天，對於沒有受過足夠科學思維訓練的人來說也是最容易接納的。雖然在古籍中尋章摘句，還可以找到一些能將其解釋成主張宇宙無限的話頭（比如唐代柳宗元〈天對〉中的幾句文學性的詠歎），但從常識和日常感覺出發，終以主張宇宙有限者為多。【一】

【一】可參見鄭文光、席澤宗：《中國歷史上的宇宙理論》（北京：人民出版社，一九七五年），頁一四五——一四六。

總的來說，對於古代中國人的天文學、星占學或哲學而言，宇宙有限還是無限並不是一個非常重要的問題。而「四方上下曰宇，往古來今曰宙」的定義，則可以被主張宇宙有限、主張宇宙無限以及主張宇宙有限無限為不可知的各方所共同接受。

二、對李約瑟高度評價宣夜說的商榷

宣夜、蓋天、渾天三說中，宣夜說一直得到國內許多論者的高度評價，其說實始於李約瑟。李氏在《中國科學技術史》(*Science and Civilisation in China*)的〈天學卷〉中，為「宣夜說」專設一節。他熱情讚頌這種宇宙模式說：

這種宇宙觀的開明進步，同希臘的任何說法相比，的確都毫不遜色。亞里士多德和托勒密僵硬的同心水晶球概念，曾束縛歐洲天文學思想一千多年。中國這種在無限的空間中飄浮著稀疏的天體的看法，要比歐洲的水晶球概念先進得多。雖然漢學家們傾向於認為宣夜說不曾起作用，然而它對中國天文學思想所起的作用實在比表面上看起來要大一些。【一】

這段話使得「宣夜説」名聲大振。從此它一直沐浴在「唯物主義」、「比布魯諾早多少多少年」之類的讚美聲中。雖然我在十多年前已指出這段話中至少有兩處技術性錯誤，【二】但那還只是枝節問題。這裡要討論的是李約瑟對「宣夜説」的評價是否允當。

「宣夜説」的歷史資料，人們找來找去也只有李約瑟所引用的那一段，見《晉書·志·天文上》：

宣夜之書亡，惟漢秘書郎郗萌記先師相傳云：天性了無質，仰而瞻之，高遠無極，眼瞀精絕，故蒼蒼然也。譬之旁望遠道之黃山而皆青，俯察千仞之深谷而窈黑，夫青非真色，而黑非有體也。日月眾星，自然浮生虛空之中，其行其止皆須氣焉。是

【一】〔英〕李約瑟：《中國科學技術史·第四卷》，「天學」（注意這是上個世紀七十年代中譯本的分卷法，與原版不同）（北京：科學出版社，一九七五年），頁一一五——一一六。

【二】李約瑟的兩處技術性錯誤是：一、托勒密的宇宙模式只是天體在空間運行軌跡的幾何表示，並無水晶球之類的堅硬實體。二、亞里士多德學説直到十四世紀才獲得教會的欽定地位，因此水晶球體系至多只能束縛歐洲天文學思想四百年。參見江曉原：〈天文學史上的水晶球體系〉，《天文學報》，一九八七年第二十八卷第四期。

以七曜或逝或住，或順或逆，伏現無常，進退不同，由乎無所根繫，故各異也。故辰極常居其所，而北斗不與眾星西沒也。攝提、填星皆東行。日行一度，月行十三度，遲疾任情，其無所繫著可知矣。若綴附天體，不得爾也。

其實只消稍微仔細一點來考察這段話，就可知李約瑟的高度讚美是建立在他一廂情願的想像之上的。

首先，這段話中並無宇宙無限的含義，「高遠無極」明顯是指人目遠望之極限而言。其次，斷言七曜「伏現無常，進退不同」，卻未能對七曜的運行進行哪怕是最簡單的描述，造成這種致命缺陷的原因被認為是「由乎無所根繫」，這就表明這種宇宙模式無法導出任何稍有實際意義的結論。相比之下，西方在哥白尼之前的宇宙模式——哪怕就是亞里士多德學說中的水晶球體系，也能導出經得起精確觀測檢驗的七政運行軌道。【一】前者雖然在某一方面比較接近今天我們所認識的宇宙，終究只是哲人思辨的產物；後者雖然與今天我們所認識的宇宙頗有不合，卻是實證的、科學的產物。【二】兩者孰優孰劣，應該不難得出結論。

宣夜說雖因李約瑟的稱讚而在現代獲享盛名，但它未能引導出哪怕只是非常初步的數理天文學系統——即對日常天象的解釋和數學描述，以及對未來天象的推算。從這個意義上來看，宣夜說（更不用說昕天、穹天、安天等說）根本沒有資格與蓋天說和渾天說相提並論。真正在古代中國產生過重大影響和作用的宇宙模式，是蓋天與渾天兩家。

三、渾天說：綱領和起源之謎

關於《周髀算經》中的蓋天宇宙模型，它的宇宙的正確形狀、它所敍述的北方高緯度地區天象和寒暑五道知識、它們與域外天學的關係，以及《周髀算經》蓋天宇宙模型作為

【一】在哥白尼學說問世時，托勒密體系的精確度——由於第谷將它的潛力發揮到了登峰造極的地步——仍然明顯高於哥白尼體系。

【二】我們所說的「實證的」，意思是說，它是建立在科學觀測基礎之上的。按照現代科學哲學的理論，這樣的學說就是「科學的」（Scientific）。

中國古代唯一的公理化嘗試，筆者已經發表了一組系列論文，【一】並出版了對《周髀算經》文本的學術注釋及白話譯文，【二】故此處僅討論渾天說。

與蓋天說相比，渾天說的地位要高得多——事實上它是在中國古代佔統治地位的主流學說，但是它卻沒有一部像《周髀算經》那樣系統陳述其學說的著作。

通常將《開元占經》卷一所引〈張衡渾儀注〉視為渾天說的綱領性文獻，這段引文很短，全文如下：

渾天如雞子。天體（按指「天的形體」）圓如彈丸，地如雞子中黃，孤居於內。天大而地小。天表裡有水，水之包地，猶殼之裹黃。天地各乘氣而立，載水而浮。周天三百六十五度又四分度之一，又中分之，則一百八十二分之五覆地上，一百八十二分之五繞地下。故二十八宿半見半隱。其兩端謂之南北極。北極乃天之中也，在正北，出地上三十六度。然則北極上規徑七十二度，常見不隱；南極天之中也，在南入地三十六度，南極下規徑七十二度，常伏不見。兩極相去一百八十二度半強。天轉如車轂之運也，周旋無端，其形渾渾，故曰渾天也。

這就是渾天說的基本理論。內容遠沒有《周髀算經》中蓋天理論那樣豐富，但其中還是有一些關鍵信息似乎未被前賢注意到。

渾天說的起源時間，一直是個未能確定的問題。可能的時間大抵在西漢初至東漢之間，最晚也就到張衡的時代。認為西漢初年已有渾天說，主要依據兩漢之際揚雄《法言·重黎》中的一段話：

【一】江曉原：〈《周髀算經》——中國古代唯一的公理化嘗試〉，《自然辯證法通訊》，一九九六年第十八卷第三期。江曉原：〈《周髀算經》蓋天宇宙結構考〉，《自然科學史研究》，一九九六年第十五卷第三期。江曉原：〈《周髀算經》與古代域外天學〉，《自然科學史研究》，一九九七年第十六卷第三期。

【二】江曉原、謝筠：《周髀算經譯注》（國務院古籍整理八五規劃書目之一）（瀋陽：遼寧教育出版社，一九九六年）。順便指出，先前有些論著中有所謂「第一次蓋天說」、「第二次蓋天說」之說，謂古代的「天圓地方」之說為「第一次蓋天說」，而《周髀算經》中所陳述的蓋天說為「第二次蓋天說」。其實後者有整套的數理體系，而前者只是一兩句話頭而已，兩者根本不可同日而語。因此上面這種說法沒有什麼積極意義，反而會帶來概念的混淆。

或問渾天，曰：落下閎營之，鮮于妄人度之，耿中丞象之。

鄭文光認為這表明落下閎（活動於漢武帝時）的時代已經有了渾儀和渾天說，因為渾儀就是依據渾天說而設計的。【一】有的學者強烈否認那時已有渾儀，但仍然相信是落下閎創始了渾天說。【二】迄今未見有得到公認的結論問世。

在上面的引文中有一點值得注意，即北極「出地上三十六度」。這裡的「度」應該是中國古度。中國古度與西方將圓周等分為 360° 之間有如下的換算關係：

1 中國古度 = 360/365.25 = 0.9856°

因此北極「出地上三十六度」轉換成現代的說法就是：北極的地平高度為 35.48°。北極的地平高度並不是一個常數，它是隨著觀測者所在的地理緯度而變的。但是在上面那段引文中，作者顯然還未懂得這一點，所以他一本正經地將北極的地平高度當作一個重要的基本數據來陳述。由於北極的地平高度在數值上恰好等於當地的地理緯度，這就提示我們，渾天說的理論極可能是創立於北緯 35.48° 地區的。然而這是一個會招來很大麻煩的提示，它使得渾天說的起源問題變得更加複雜。

我們如果打開地圖來尋求印證，上面的提示就會給我們帶來很大的困惑——幾個可能與渾天說創立有關係的地區，比如巴蜀（落下閎的故鄉）、長安（落下閎等天學家被召來此地進行改曆活動）、洛陽（張衡在此處兩次任太史令）等等，都在北緯35.48°之南很遠。以我之孤陋寡聞，好像未見前賢注意過這一點。如果我們由此判斷渾天說不是在上述任一地點創立的，那麼它是在何處創立的呢？地點一旦沒有著落，時間上會不會也跟著出問題呢？

不過在這裡我僅限於將問題提出，先不輕下結論。【三】

在渾天說中大地和天的形狀都已是球形，這一點與蓋天說相比大大接近了今天的知識。但要注意它的天是有「體」的，這應該就是意味著某種實體（就像雞蛋的殼），而這

【一】鄭文光、席澤宗：《中國歷史上的宇宙理論》，頁六九。

【二】例如李志超教授在〈儀象創始研究〉一文中說：「一切昌言在西漢之前有渾儀的說法都不可信。『渾儀』之名應始於張衡，一切涉及張衡以前的『渾儀』記述都要審慎審核，大概或為偽託，或為後代傳述人造成的混亂。」見《自然科學史研究》，一九九〇年第九卷第四期。

【三】關於此事的最新進展請參見毛丹、江曉原：〈從北極出地設定看渾天說與希臘宇宙論之相應內容〉，《自然辯證法研究》，二〇一七年第三十三卷第九期，此文提供了渾天說有希臘來源的多項證據。

就與亞里士多德的水晶球體系半斤八兩了。然而先前對亞里士多德水晶球體系激烈抨擊的論著，對渾天説中同樣的局限卻總是溫情脈脈地避而不談。

渾天説中球形大地「載水而浮」的設想造成了很大的問題。因為在這個模式中，日月星辰都是附著在「天體」內面的，而此「天體」的下半部分盛著水，這就意味著日月星辰在落入地平線之後都將從水中經過，這實在與日常的感覺難以相容。於是後來又有改進的説法——認為大地是懸浮在「氣」中的，比如宋代張載《正蒙·參兩篇》説「地在氣中」，這當然比讓大地浮在水上要合理一些。

用今天的眼光來看，渾天説是如此的初級、簡陋，與約略同一時代西方托勒密精緻的地心體系（注意渾天説也完全是地心的）根本無法同日而語，就是與《周髀算經》中的蓋天學説相比也大為遜色。然而這樣一個初級、簡陋的學説，為何竟能在此後約兩千年間成為主流學説？

原因其實也很簡單：蓋天學説雖然有它自己的數理天文學，但它對天象的數學説明具備和描述是不完備的（例如，《周髀算經》中完全沒有涉及交蝕和行星運動的描述和推算）；而渾天説將天和地的形狀認識為球形，這樣就至少可以在此基礎上發展出一種最低限度的球面天文學體系。只有球面天文學，才使得對日月星辰運行規律的測量、推算成為可能。但中國古代的球面天文學始終未能達到古希臘的水準——今天全世界天文學家共同使用的球面天文學體系，在古希臘時代就已經完備。渾天說中有一個致命的缺陷，使得任何行之有效的幾何宇宙模型以及建立在此幾何模型基礎之上的完備的球面天文學都無法從中發展出來。這個致命的缺陷，簡單地說只是四個字：地球太大！

四、中國古代地圓說的致命缺陷

中國古代是否有地圓說？常見的答案幾乎是眾口一辭的「有」。然而這一問題並非一個簡單的「有」或「無」所能解決。

中國古代地圓學說的文獻證據主要有如下幾條：

> 南方無窮而有窮。……我知天下之中央，燕之北、越之南是也。（《莊子・天下》引惠施）

> 渾天如雞子。天體圓如彈丸，地如雞中黃，孤居於內，天大而地小。天表裡有

水，天之包地，猶殼之裹黃。（東漢・張衡《渾天儀圖注》）

天地之體狀如鳥卵，天包於地外，猶卵之裹黃，周旋無端，其形渾渾然，故曰渾天。其術以為天半覆地上，半在地下，其南北極持其兩端，其天與日月星宿斜而迴轉。（三國・王蕃《渾天象說》）

惠施的話，如果假定地球是圓的，可以講得通，所以被視為地圓說的證據之一。後面兩條，則已明確斷言大地為球形。

既然如此，中國古代有地圓學說的結論，豈非已經成立？但是且慢。能否確認地圓，並不是一件孤立的事。換句話說，並不是承認地球是球形就了事。在古希臘天文學中，地圓說是與整個球面天文學體系緊密聯繫在一起的。西方的地圓說實際上有兩大要點：

1. 地為球形；
2. 地與「天」相比非常之小。

第一點容易理解，但第二點的重要性就不那麼直觀了。然而在球面天文學中，只在極少數情況下，比如考慮地平視差、月蝕等問題時，才需計入地球自身的尺度；而絕大部分情況下都將地球視為一個點，即忽略地球自身的尺度。這樣的忽略不僅非常必要，而且是完全合理的，這只需看一看下面的數據就不難明白：

地球半徑：六千三百七十一公里；

地日距離：一億四千九百五十九萬七千八百七十公里。

上述兩值之比約為：一比二萬三千四百八十一。

進而言之，地球與太陽的距離，在太陽系九大行星中僅位列第三，太陽系的廣闊已經可想而知。如果再進而考慮銀河系、河外星系……那更是廣闊無垠了。地球的尺度與此相比，確實可以忽略不計。古希臘人的宇宙雖然是以地球為中心的，但他們發展出來的球面天文學卻完全可以照搬到日心宇宙和現代宇宙體系中使用——球面天文學主要就是測量和計算天體位置的學問，而我們人類畢竟是在地球上進行測量的。

現在再回過頭來看中國古代的地圓說。中國人將天地比作雞蛋的蛋殼和蛋黃，那麼顯然，在他們心目中天與地的尺度是相去不遠的。事實正是如此，下面是中國古代關於天地尺度的一些數據：

天球直徑為三十八萬七千里；地離天球內殼十九萬三千五百里。（《爾雅・釋天》）

天地相距六十七萬八千五百里。（《河洛緯・甄耀度》）

周天也三百六十五度，其去地也九萬一千餘里。（楊炯〈渾天賦〉）

以第一說為例，地球半徑與太陽距離之比是一比一。在這樣的比例中，地球自身尺度就無論如何也不能忽略。然而自明末起，學者們常常忽視上述重大區別而力言西方地圓說在中國「古已有之」，許多當代論著也經常重複與古人相似的錯誤。

非常不幸的是，不能忽略地球自身的尺度，也就無法發展出古希臘人那樣的球面天文學。學者們曾為中國古代的天學為何未能發展為現代天文學找過許多原因，諸如幾何學不發達、不使用黃道體系等等，其實將地球看得太大，或許是致命的原因之一。

五、評價宇宙學說的合理判據

評價不同宇宙學說的優劣，當然需要有一個合理的判據。我們在前面已經看到，這個判據不應該是主張宇宙有限還是無限。也不能是抽象的「唯心」或「唯物」——歷史早已證明，「唯心」未必惡，「唯物」也未必善。

另一個深入人心的判據，是看它與今天的知識有多接近。許多科學史研究者將這一判據視為天經地義，卻不知其實大謬不然。人類對宇宙的探索和瞭解是一個無窮無盡的過程，我們今天對宇宙的知識，也不可能永為真理。當年哥白尼的宇宙、開普勒的宇宙……今天看來都不能叫真理，都只是人類認識宇宙過程中的不同階梯，而托勒密的宇宙、第谷的宇宙……也同樣是階梯。

對於古代的天文學家來說，宇宙模式實際上是一種「工作假說」，因此以發展的眼光來看，評價不同宇宙學說的優劣，比較合理的判據應該是：

看這種宇宙學說中能不能容納對未知天象的描述和預測——如果這些描述和預測最終能導致對該宇宙學說的修正或否定，那就更好。

在這裡，我的立場很接近科學哲學家波普爾（K. R. Popper）的「證偽主義」，即認為只有那些通過實踐（觀測、實驗等）能夠對其構成檢驗的學說才是有助於科學進步的，這樣的學說具有「可證偽性」（falsifiability）。而那些永不會錯的「真理」（比如「明天可能下雨也可能不下」之類），以及不給出任何具體信息和可操作檢驗的學說，不管它們看上去是多麼正確（往往如此，比如上面那句廢話），對於科學的發展來說都是沒有意義的。【一】

按照這一判據，幾種前哥白尼時代的宇宙學說可排名次如下：

1. 托勒密宇宙體系
2. 《周髀算經》中的蓋天宇宙體系
3. 中國的渾天說

至於宣夜說之類就不具有加入上述名單的資格了。宣夜說之所以在歷史上沒有影響，並非因它被觀測證據所否定，而是因為它根本就是「不可證偽的」，對於解決任何具體的天文學課題來說都是沒有意義的，因而也就沒有任何觀測結果能構成對它的檢驗。其下場自然是無人理睬。

托勒密的宇宙體系之所以被排在第一位，是因為它是一個高度可證偽的、公理化的幾何體系。從它問世之後，直到哥白尼學說勝利之前，西方世界（包括阿拉伯世界）幾乎所有的天文學成就都是在這一體系中作出的。更何況正是在這一體系的營養之下，才產生了第谷體系、哥白尼體系和開普勒體系，最終導致它自身被否定。

我已經設法證明，《周髀算經》中的蓋天學說也是一個公理化的幾何體系，儘管比較粗糙幼稚。其中的宇宙模型有明確的幾何結構，由這一結構進行推理演繹時又有具體的、絕大部分能夠自洽的數理。「日影千里差一寸」正是在一個不證自明的前提、亦即公理——「天地為平行平面」——之下推論出來的定理。【二】而且，這個體系是可證偽的。唐開元十二年（七二四年）一行、南宮說主持全國範圍的大地測量，以實測數據證明了「日影千里差一寸」是大錯，【三】就宣告了蓋天說的最後失敗。這裡之所以讓蓋天說排名在渾天說

【一】波普爾的學說在他的《猜想與反駁》（一九六九年）和《客觀知識》（一九七二年）兩書中有詳盡的論述。此兩書都有中譯本（上海：上海譯文出版社，一九八六年、一九八七年）。在波普爾的證偽學說之後，科學哲學當然還有許多發展。要瞭解這方面的情況，迄今我所見最好的簡明讀物是查爾默斯（A. F. Chalmers）：《科學究竟是什麼？》（北京：商務印書館，一九八二年）。

【二】關於這一點的詳細論證參見江曉原：〈《周髀算經》——中國古代唯一的公理化嘗試〉。

【三】同樣南北距離之間的日影之差是隨地理緯度而變的，其數值也與「千里差一寸」相去甚遠——大致為二百多里差一寸。參見中國天文學史整理研究小組：《中國天文學史》，頁一六四。

之前，是因為它作為中國古代唯一的公理化嘗試，實有難能可貴之處。

渾天說沒能成為像樣的幾何體系，但它畢竟能夠容納對未知天象的描述和預測，使中國傳統天文學在此後的一兩千年間得以持續運作和發展。它的論斷也是可證偽的（比如大地為球形，就可以通過實際觀測來檢驗），不過因為符合事實，自然不會被證偽；而蓋天說的平行平面天地就要被證偽。

中國古代在宇宙體系方面相對落後，但在數理天文學方面卻能有很高成就，這對西方人來說是難以想像的。其實這背後另有一個原因。中國人是講究實用的，對於純理論的問題、眼下還未直接與實際運作相關的問題，都可以先束之高閣，或是繞而避之。宇宙模式在古代中國人眼中就是一個這樣的問題。古代中國天學家採用代數方法，以經驗公式去描述天體運行，效果也很好（古代巴比倫天文學也是這樣）。宇宙到底是怎樣的結構，可以不去管它。宇宙模式與數理天文學之間的關係，在古代中國遠不像在西方那樣密切——在西方，數理天文學是直接在宇宙的幾何模式中推導、演繹而出的。

六、關於宇宙是否可知的思考

《周髀算經》在陳述宇宙是直徑為八十一萬里的雙層圓形平面後，接著就說：

> 過此而往者，未之或知。或知者，或疑其可知，或疑其難知。

意思是說，在我們觀測所及的範圍之外，從未有人知道是什麼，而且無法知道它能不能被知道。此種存疑之態度，正合「知之為知之，不知為不知，是知（智）也」之意，較之今人之種種武斷、偏執和人云亦云，高明遠矣。張衡《靈憲》中說「過此而往者，未之或知也。未之或知者，宇宙之謂也」，也認為宇宙是「未之或知」的。

在對宇宙的認識局限這一點上，古代中國人的想法倒是可能與現代宇宙學思考有某種暗合之處。例如明代楊慎說：

蓋處於物之外，方見物之真也，吾人固不出天地之外，何以知天地之真面目歟？【一】

他的意思是說，作為宇宙之一部分的人，沒有能力認識宇宙的真面目。類似的思考在現代宇宙學家那裡當然會發展得更為精緻和深刻，例如惠勒（J. A. Wheeler）在他的演講中，假想了一段宇宙與人的對話，我們不妨就以這段對話結束本文：【二】

宇宙：我是一個巨大的機器，我提供空間和時間使你們得以存在。這個空間和時間，在我到來之前，以及停止存在之後，都是不存在的，你們——人——只不過是在一個不起眼的星系中的一個較重要的物質斑點而已。

人：是啊，全能的宇宙，沒有你，我們將不能存在。而你，偉大的機器，是由現象組成的。可是，每一個現象都依賴於觀察這種行動，如果沒有諸如像我所進行的這種觀察，你也絕不會成為存在！

惠勒的意思是說，沒有宇宙就不會有人的認識，而沒有人的認識也就不會有宇宙——

這裡的宇宙，當然早已不是「純客觀」的宇宙了。

附記

本文原是一九九七年應李政道先生的邀請，為他召集的一次報告會而專門準備的。不料我到會上一看，不少聽眾都是畫家（記得有華君武、黃胄的夫人等，都是李先生的朋友），估計讓他們聽本文的內容可能太抽象了，就臨時換了一個題目，講稿自然也沒有，只能空口作了一個演講。後來李先生宴請時，那些畫家對我表示，我講的東西他們「基本能聽懂」。至於本文那就權當操練一次學問了。

原刊《傳統文化與現代化》一九九八年第五期

【一】〔明〕楊慎：《升庵全集．卷七十四》，「宋儒論天」。

【二】見方勵之編：《惠勒演講集——物理學和質樸性》（合肥：安徽科學技術出版社，一九八二年），頁一八。

性學篇

《天地陰陽交歡大樂賦》發微

——敦煌寫卷伯二五三九之專題研究

引言

《天地陰陽交歡大樂賦》（以下簡稱《大樂賦》）殘卷，敦煌寫卷伯二五三九號。自本世紀初被發現後，最早對之發生濃厚興趣者當推長沙葉德輝。葉氏將伯二五三九列為他的《雙梅景闇叢書》之第五種，於一九一四年刊刻印行；在跋文中葉氏提出了一些很初步但不失為正確的看法。此後伯二五三九並未受到敦煌學家的特別重視，但遭到一些中國作家的誤解，以致出現了本來不應存在的真偽問題。另一方面，伯二五三九引起不少西方漢學家的注目，次第出現了一些西文評注本，【一】一些有關西文著作也時有提及。本文將從真偽問題、與性學史之關係、與色情文學史之關係三個方面，對伯二五三九進行專題研究。

一、伯二五三九之真偽問題

伯二五三九為偽作之說，倡自沈雁冰。沈氏在他一九二七年間問世的一篇論文中稱：

現代人葉德輝所刊書中有《天地陰陽交歡大樂賦》，云是白行簡所撰，得之敦煌

> 縣鳴沙山石室唐人抄本。……但是我很疑葉氏的話，未必可靠。……考白行簡……有《李娃傳》見於《太平廣記》、《三夢記》見《說郛》，風格意境都與《大樂賦》不類。……所以，要說作《李娃傳》的人同時會忽然色情狂起來，作一篇《大樂賦》，無論如何是不合情理的。至於《三夢記》述三人之夢，幻異可喜，非但沒有一毫色情狂的氣味，更與性慾無關。昔楊慎偽造《雜事秘辛》，袁枚假託《控鶴監秘記》，則《大樂賦》正同此類而已。【二】

沈氏盛名之下，其說流傳頗廣，故有必要對此說略作考辨。

沈氏懷疑葉德輝所交代的《大樂賦》來源，乃至引楊慎、袁枚事暗指葉氏自己是《大樂賦》之偽造者，顯然是因為當時敦煌學尚在初創階段，沈氏本人對於敦煌卷子的收藏、

【一】高羅佩（R. H. van Gulik）在 *Erotic Colour Prints of the Ming Period*（東京，私人印行，一九五一年）一書中有英文詳細摘要，見頁九〇—九四；在 *Sexual Life in Ancient China* (Leiden: E. J. Brill, 1974) 一書中又有英文評注，見頁二〇三—二〇八。荷蘭文譯注由 W. L. Ideam 所作，載 *Cahiers van Den Lanmam*, No.19 (Leiden: De Lantaarn, 1983)。

【二】沈雁冰：〈中國文學內的性慾描寫〉，載《中國文學研究》下冊（上海：商務印書館，一九二七年），頁五—六。

整理又毫無所知，故而出現了直接的知識性錯誤，這在今日已不足置辯。伯二五三九原卷早經刊佈於世，無可懷疑。【一】但沈氏認為《大樂賦》非白行簡所作，從學術標準來看尚不屬無意義之爭論，應該加以討論。

事實上沈氏否定伯二五三九為白行簡作的理由也是站不住腳的。因為沈氏的理由是基於如下前提的：一個文人始終只可能創作同一種「風格意境」的作品。換言之，或者篇篇作品皆為「色情狂」（姑且不論將伯二五三九斥為「色情狂」也是不妥當的），或者一篇涉及色情的作品也沒有。這樣的前提顯然是悖於常理而無法成立的。茲不論整個中國文學史，僅就白行簡所生活的唐代而言，文學方面明顯的反例就俯拾皆是。【二】古代一人作品風格迥異之例本極常見。

沈氏否認伯二五三九為白行簡作的理由既不能成立，則在未發現任何新的反對證據或理由之狀況下，我們只有接受原卷子標題下所題「白行簡撰」的說法，這應該是目前惟一合理的措置。

伯二五三九是否白行簡作，並非無關宏旨之問題，因為此事直接影響到對該文意義的評價（詳本文第二部分）。以下即在「伯二五三九確為白行簡作」的認識基礎上，展開進一步的討論。

二、伯二五三九與性學史

在中國歷史上，唐代可以說是各種方術盛行的第二個高潮時期。【三】這些方術的主流始

【一】本文所據者為《敦煌寶藏》（台北：新文豐出版公司，一九八五年）中影印件，第一二一冊，頁六一六—六一八。

【二】此處僅舉數例為證，如李白對酒：「玳瑁筵中懷裡醉，芙蓉帳裡奈君何？」當然是色情，而這與《古風五十九首》之一：「我志在刪述，垂輝映千春。希聖如有立，絕筆於獲麟。」風格意境相去絕遠。又如李商隱〈藥轉〉：「郁金堂北畫樓東，換骨神方上藥通。」詠及私通與墮胎；〈碧城三首〉之二、三：「紫鳳放嬌銜楚佩，赤鱗狂舞撥湘絃。」「玉輪顧兔初生魄，鐵網珊瑚未有枝。」極寫男女情慾，這都屬色情無疑，但他同樣也寫〈韓碑〉中「湯盤孔鼎有述作，今無其器存其辭，嗚呼聖皇及聖相，相與烜赫流淳熙」這樣的頌詩；他又在〈上河東公啟〉中稱：「至於南國妖姬，叢台妙妓，雖有涉於篇什，實不接於風流。」表白自己雖有香艷之作，其實不好風流（發展到極致，即所謂「色情狂」）。二李能如此，白行簡又何嘗不能？

【三】第一高潮在漢魏之際，「後漢書」為此專設「方術列傳」。後有人抨擊此舉，如宋羅大經《鶴林玉露·卷二·丙編》謂：「君子所不道，而乃大書特書之，何其陋也。」實則此正為《後漢書》實事求是之舉。

終是長生及占卜，而房中術從一開始就是長生術中極重要的一種。【一】有不少跡象表明，房中術在唐代的流行程度，可能遠出於今人通常的想像之外，伯二五三九對此提供了極為珍貴的史料。

在伯二五三九殘卷中有四處直接提到或直接引述了房中術著作，先列出如次：

或高樓月夜，或閒窗早暮，讀素女之經，看隱側之鋪。

《交接經》云：男陰……曰陰乾。

素女曰：女人……過實則死也。

《洞玄子》曰：女人陰孔，為丹穴池也。

所謂「素女之經」，指《素女經》，與《洞玄子》同為至今尚有大量章節傳世的中國古代著名房中術專著。【二】《交接經》也為同類著作無疑，但今已佚失。「素女曰」云云，則為《素女經》行文的典型格式。「素女」之名，由來甚久，但她與房中術聯繫在一起，則大致始於東漢。【三】成書於公元六五六年之《隋書．經籍志》，所著錄房中古籍有《素女秘道經》一卷（並《玄女經》）、《素女方》一卷等。《洞玄子》則此前最早見於《醫心方》；但由白行簡的生卒年（七七六—八二六年）可推定伯二五三九約作於公元八〇〇年，其中既稱引《洞玄子》，遂將此書歷史提前近兩個世紀。

此處需要提到葉德輝與沈雁冰關於伯二五三九中所引《素女經》、《洞玄子》真偽的歧見。葉氏於伯二五三九跋文云：「至注（按指白行簡夾加原注）引《洞玄子》、《素女經》

【一】關於房中術性質及主旨之概述，可參閱拙著：《性張力下的中國人》（上海：上海人民出版社，一九九五年），頁四七—六一。本書後又有兩個版本：上海：東方出版中心，二〇〇六年；上海：華東師範大學出版社，二〇一一年。關於房中術與其他長生術之關係，可見另一拙著：《中國人的性神秘》（北京：科學出版社，一九八九年），頁三九上之方框圖。

【二】《素女經》、《洞玄子》及其他若干種古代房中著作，有大量內容保存於日人丹波康賴所編《醫心方》一書之第二十八卷，係將群書按內容分類編排。是書成於公元九八四年，但至一八五四年方刊行。後葉德輝從中輯出數種，刊入《雙梅景闇叢書》，《素女經》、《洞玄子》分別為其第一、四種。《醫心方》則有中國影印本（北京：人民衛生出版社，一九五五年）。

【三】如張衡〈同聲歌〉：「素女為我師，儀態盈萬方。」又王充《論衡．命義》亦提及。

皆唐以前古書，……而在唐宋時此等房中書流傳士大夫之口之文，殊不足怪。」【一】其說本屬不謬。但沈氏卻認為：「葉氏……竟專以此賦證明《洞玄子》、《素女經》（按此二書，本刻在葉氏《觀古堂叢書》中，近又輯刊於《醫心方》中，雖託古籍，實為偽作）之非偽，尤叫人犯疑。」【二】然而沈氏這裡再次犯了直接的知識性錯誤。他因懷疑伯二五三九出自葉氏本人偽造，遂勇於斥偽，卻未弄明白《醫心方》成書先於葉氏刊書前近千年、刊行於世也早於葉氏刊書半個多世紀這一基本事實。葉氏據伯二五三九以證兩書不偽固然不錯，但如今又有了更新的證據。一九七三年於長沙馬王堆三號漢墓出土大量帛、簡書，其中有數種房中術著作，【三】分析其內容，可以有力證明：《醫心方》中所保留之房中書，淵源有自，其學說上接秦漢，甚至更早。【四】故《素女經》、《洞玄子》等房中古籍之真實性已無須伯二五三九來證明。

伯二五三九中又多次出現古代房中家術語，茲舉數例如下：

陽峰直入，邂逅過於琴絃；陰乾邪衝，參差磨於穀實。

然更縱枕上之淫，用房中之術。行九淺而一深，待十候而方畢。

「琴絃」、「穀實」是房中書上極常用之語，而且源遠流長，早在馬王堆漢墓帛、簡書中就已使用，【五】這是兩個表達女性陰道位置的術語。【六】「九淺一深」是中國古代房中家描述操作技巧的術語，此語較多為人所知，因後世色情文學中也曾提到。但必須指出：「九淺一深」所描述之技巧，與房中術的其他技巧一樣，本是修習長生術的努力，而絕非如許多人所誤解的那樣被當作縱慾貪歡之手段。【七】「龍宛轉」、「蠶纏綿」則是兩種交接姿勢的

【一】葉德輝輯：《雙梅景闇叢書》第五種末頁，一九一四年刊。

【二】沈雁冰：〈中國文學內的性慾描寫〉，頁五—六。

【三】整理發表於《馬王堆漢墓帛書》（肆）（北京：文物出版社，一九八五年）。

【四】對此問題筆者有另文闡述。

【五】見《馬王堆漢墓帛書》（肆），《養生方》，頁一一八，及《天下至道談》，頁一六六。

【六】比如伯二五三九原注引《素女經》云：「女人陰深一寸曰琴絃，五寸曰穀實。」

【七】比如《醫心方·卷二十八》「治傷第廿」引《玉房秘訣》云：「調五藏消食療百病之道，臨施張腹，以意內氣，縮後，精散而還歸百脈也。九淺一深，至琴絃麥齒之間，正氣還，邪氣散去。」

名稱。【一】

伯二五三九又大量襲用房中書中的習慣用語，如「金溝」、「乳肚」、「以帛子乾拭」、「嬰兒含乳」、「凍蛇入窟」等等，皆為房中書常見的用語和比喻。伯二五三九中有些段落幾乎可以看作是房中書若干章節的韻文改寫。【二】

伯二五三九對於房中家求長生之旨也能領悟，並非僅將房中術視為歡樂技巧。比如有一段談到：

> 回精禁液，吸氣嚥津，是學道之全性，圖保壽以延神。

此即房中家惜精禁泄、「還精補腦」之說。【三】

以上各現象，充分表明伯二五三九作者非常熟悉房中家著作。為了進一步評價這一事實的意義，應先轉而考察作者白行簡其人。

白行簡（七七六—八二六年），字知退，大詩人白居易之弟。兩《唐書》皆有傳。他進士及第，做過幕僚，歷任校書郎、左拾遺、司門員外郎、主客郎中等職，此種經歷在當時文士中極為平常。關於其為人，《新唐書》惟「敏而有辭，後學所慕尚」一語，【四】《舊唐書》稍詳：「行簡文筆有兄風，辭賦尤稱精密，文士皆師法之。」【五】值得注意的是：兩傳中皆根本未提及他有任何特殊經歷、遭遇或愛好，比如修習方術、擅醫道或愛好房中家言之類。這一點至少說明：伯二五三九的作者白行簡，作為一個普通文士，在歷史上並不以方術名世。

倘若白氏是如《後漢書·方術列傳》中所記載的那類方術之士，那伯二五三九中充滿房中家言這一事實就因不具有一般性而顯得意義不大了；但白氏既根本不以方術名世，更非房中大家，則在伯二五三九中所表現出來的對房中家文獻之熟悉，就只能這樣解釋：當時房中家著作流傳甚廣，一般文士中頗有熟悉者。

上面的解釋會產生一個問題：如果當時房中書在文士間流傳甚廣，為何今日卻很難從

【一】見《醫心方·卷二十八》「卅法第十三」引《洞玄子》所述之第六、第五種。

【二】比如伯二五三九自「或高樓月夜，或閒窗早暮」至「當此時之可戲，實同穴之難忘」一大段，與《醫心方·卷二十八》「臨御第五」、「九狀第十四」就是如此。

【三】參見拙著《性張力下的中國人》，頁四七—五三。

【四】《新唐書·卷一一九》，「白行簡傳」。

【五】《舊唐書·卷一六六》，「白行簡傳」。

傳世唐代詩文中找出多少旁證來？對此問題可以有如下認識：

首先，自宋以降，性忌諱、性禁錮的壓力在中國日益深重，而時間是有過濾作用的，濾去何種內容，依據社會的道德判斷、價值取向而定。漫長的歲月，既使平庸之作被淘汰，也使不合後世道德標準（或其他某些標準）的作品湮滅無聞——伯二五三九很可能正是如此。類似伯二五三九這樣的作品，自然是「君子所不道」，若非敦煌石室中保存了寫本殘卷，就難逃失傳的命運。無獨有偶，唐代另一篇帶有色情味道的奇文，張鷟的《遊仙窟》，也是在中國久已失傳，幸賴日本保存才流傳下來的。可以設想，或許還有一些類似伯二五三九的唐代詩文，已經永無機會重見天日了。

其次，像伯二五三九這樣極盡鋪陳、無遮無隱地描述性活動與性藝術，終究是有些「出格」的，諸房中書當然更是如此，雖然唐代文人在此問題上遠較後人坦蕩，終不至於群起而作、經常來作類似伯二五三九或談論房中家言的文字。因此，雖可由伯二五三九推斷房中書在唐代廣泛流傳於文士之間，卻不必指望在傳世唐人詩文中發現多少旁證。

房中書在唐代流行之廣，倒是可以在傳世的三部唐代醫學巨著中略見端倪：孫思邈《千金要方》、《千金翼方》及王燾《外台秘要》三書皆有相當大的篇幅討論房中術。[二]丹波康賴《醫心方》正是模仿了此種格局，而此種格局是其他朝代醫籍中所沒有的。還有若干已佚的房中書也曾在唐代流行，比如伯二五三九中提到的《交接經》即其一。

三、伯二五三九與色情文學史

（一）伯二五三九與「遊仙窟」

在中國，色情文學的歷史遠較性學或房中術的歷史為短。關於中國色情文學的早期情況，常被提到的有《趙飛燕外傳》與《雜事秘辛》，前者題為「漢河東都尉伶玄」撰，而學者們一致認為係偽託，確切年代雖不可考，但絕非漢代作品；後者述東漢選妃事，實則基本上可確定為明朝楊慎所作，偽託古人而已。況且，此兩文雖有數處帶色情意味的描寫，但若與後世色情文學作品相比，尚遠遠夠不上格，故尚未能視之為色情文學的發端。

現存有確切年代可考而又真正夠得上色情文學資格的，最早當數初唐張鷟《遊仙窟》。寫作年代約在公元七〇〇年稍前一點，【二】大致比伯二五三九早一個世紀。文用男主角

【一】三書皆有影印本（北京：人民衛生出版社，一九五五年）。

【二】據《唐人小說》（上海古籍出版社，一九七八年）頁三四——三五上汪辟疆的考證。

第一人稱，敍述三位陌生男女如何相識、調笑、交歡，最後依依惜別的故事。以駢文寫成，文辭浮艷華美。它將絕大部分篇幅用於描述男女調情的過程，其色情程度尚遠遜於伯二五三九。文中僅有若干詠物詩是影射男女歡合的，即所謂「素謎董猜」，茲略舉「十娘詠刀鞘詩」一例：

> 數捺皮應緩，頻磨快轉多；渠今拔出後，空鞘欲如何！【一】

真正寫到歡合時，就只是一筆帶過了。《遊仙窟》主要是通過詳細鋪敍男女調情的過程來構成色情的意境。而與之形成鮮明對照，伯二五三九把大量注意力集中於歡合這一活動本身，故到了伯二五三九，無論用廣義還是狹義的標準來衡量，都堪稱是「正牌的」色情文學了。該兩文可以毫不誇張地被稱為中國古代色情文學之祖。

伯二五三九殘卷今存約三千字，除卷首白行簡自序外，以下據文意大致可分為十二段，依次描述如下內容：

1.少年新婚之夜的歡合。2.貴族男子與其姬妾的歡合。3.晝合。4.貴族夫婦一年四季的種種歡合情狀。5.老年夫婦間的歡合。6.皇帝在宮廷中的性生活。7.怨女曠夫竊玉偷香式的歡合。8.野合。9.與婢女歡合。10.與醜婦交合。11.僧侶及帝王之同性戀。12.下層村民之性生活（不全，以下殘去）。

各段描述之繁簡相差甚遠，有的反覆渲染，極盡鋪陳；有的則只是虛寫；也有的僅寥寥數語。【二】

值得注意的是，《遊仙窟》以駢文寫成，而伯二五三九則採用賦體。一方面，此兩種文體在中國古典文學各體裁中最適宜排比鋪陳、炫耀文采；另一方面，由於採用了古典的文學體裁，伯二五三九與後世用白話或半白話寫成的色情文學作品相比，畢竟還是「雅馴」得多，至少在形式上和給人的感覺上是如此。

【一】《遊仙窟》全文可見《唐人小説》，頁一九——三三，為汪辟疆校錄之本。「詠刀鞘詩」見頁二七。

【二】如2可為鋪陳最甚之例。11則純為虛寫，但沈雁冰卻指斥「甚至變態性慾的男風都描寫得淋漓盡致」，距離事實甚遠。其實該段只是《史記．佞幸列傳》有關記載的韻文改寫。5最簡單，僅四十六字。

（二）伯二五三九與唐人性觀念及性心理

如果從現代流行的宣傳性讀物給人們造成的中國「封建社會」印象——這種印象在許多方面背離事實甚遠——出發，去估計唐代人的性觀念與性心理，那將很容易誤入歧途。如果參以高宗納父妾、玄宗奪媳、公主再嫁、金陵女子夜奔李白、薛濤和魚玄機等名妓與達官文士詩酒風流之類的戲劇性事例，那也要依分析考察的視角、深度和方法，方能決定其結論的合理程度，但仍不易指望達到臻於完備的境界。還有一些較少為人注意到的事例，有力地表明：唐代人的性觀念和性心理，即使在現代人看來，有時也難以想像。【一】大致而言，可用「坦蕩」二字約略概括之。伯二五三九在這方面提供了生動的證據。

伯二五三九之出現本身就是唐人性觀念坦蕩的表現。此種文字，如令宋以後道學家見之，必義憤填膺，斥為萬惡不赦，而白行簡作了此文，卻也未在當時被冠上「浮薄」之類的惡名。【二】況且他作此文並非悄悄以此來宣泄性壓抑——當時文士大約很少有性壓抑——而是公開發表，至少是在朋友圈子裡傳閱的。因他在自序中稱作此文是「惟迎笑於一時」，表明伯二五三九是當時文士間的遊戲筆墨，類似上層社會人士開下流玩笑之舉（但形式上依舊「高雅」）。如不讓別人傳閱，就不可能「迎笑於一時」。而敦煌石室中的抄本，正好證明了伯二五三九在當時的流傳，已遠遠超出白行簡身邊的圈子。

伯二五三九在描述怨女曠夫偷情的那段文字中，設想一男子深夜潛入人家閨房，對睡眠中的婦女實行非禮。當女子驚覺後，按今天人們的估計，她們似乎不外是呼救、反抗或怒斥該男子；但是令人驚異，在白行簡筆下，她們的反應卻是這樣：

未嫁者失聲如驚起，已嫁者佯睡而不妨；有婿者詐嗔而受敵，不同者違拒而改常；或有得便而不絕，或有因此而受殃。

由於伯二五三九是遊戲筆墨，其中描述有多大程度的現實性，看起來值得懷疑。但退一步來說，即令我們站在最保守的立場上，假定這一段純是白行簡憑空杜撰，並無任何現

【一】比如《舊唐書·卷七八》「張行成傳」中朱敬則對武則天的諫章即為此類事例之一。朱敬則指斥「陛下內寵已有薛懷義、張易之、昌宗，固應足矣」，不該再覓新寵，致有朝臣以「陽道壯偉」自求供奉內廷，「無禮無儀，溢於朝聽」。奏上，則天輕描淡寫地表示：「非卿直言，朕不知此。」君臣談論此種問題，竟毫不避忌。

【二】比如流傳頗廣的宋仁宗斥落柳永進士及第的故事（見《能改齋漫錄·卷十六》），就反映了截然不同的觀念。與伯二五三九相比，柳詞毫無色情，猶被斥為「浮艷虛薄」。

實生活基礎，這段描述仍有重要意義：白行簡敢於杜撰出如此大違禮教的情景，以之「迎笑於一時」，而不擔心會招來抨擊，這至少說明那時確有一部分士大夫的性觀念坦蕩到如斯地步。更何況，這一段還未必是百分之百的杜撰。

就反映唐人性觀念與性心理之坦蕩而言，伯二五三九堪稱與《遊仙窟》異曲同工。【一】這兩篇罕見的奇文都出現於唐代，也不應視為偶然。考慮到時間的過濾作用，此類篇什得以傳世者自然很少，遂使該兩文成為考察唐代文化不可多得之珍貴史料。

伯二五三九所反映的坦蕩性觀念，並非無根之木、無源之水。如將其置於中國人性觀念變遷的歷史背景之下來看，其中頗有去古未遠之處。在中國，「陰陽天人感應觀」源遠流長，這種觀念認為：陰（地、女性等）與陽（天、男性等）要相互交合方好，方能帶來事物的生機。因而在古代中國人眼中，男女兩性的交合，實為一種充滿神聖意味的佳景，一件值得崇敬謳歌的美事。上古陶器上形形色色的性象徵圖案，【二】《易傳．繫辭下》所謂：「天地絪縕，萬物化醇；男女構精，萬物化生」，《易傳．彖傳下．歸妹》所謂：「歸妹，天地之大義也，天地不交而萬物不興」，《孟子．萬章上》所謂「男女居室，人之大倫也」，乃至《神仙傳．彭祖》所謂「天地得交接之道，故無終竟之限；人失交接之道，故有傷殘之期」，【三】一以貫之，都是此種觀念的表現。白行簡也是在此種觀念的強烈影響之下創作伯二五三九的，《大樂賦》之名本身就明確反映了這一點。他又在自序中重複了與前人相似的說法：

> 天地交接而覆載均，男女交接而陰陽順，【四】故仲尼稱婚嫁之大，詩人著《螽斯》

【一】比如在《遊仙窟》中，主人公初識十娘，就要求「共十娘臥一宿」，而十娘也不以為忤；以及賓主間的「素謎葷猜」戲謔。

【二】較為大膽的論述可見趙國華：〈生殖崇拜文化略論〉，《中國社會科學》，一九八八年。

【三】此乃藉彭祖之口而言，當然不妨視為葛洪輩房中理論家的見解。事實上，此為中國古代房中家最重要的觀點之一。

【四】「男女交接而陰陽順」是「陰陽天人感應觀」的重要方面之一，有許多表現，比如《春秋繁露．卷十六》「求雨篇」：「四時皆以庚子之日，令吏民夫婦皆偶處，凡求雨之大體，丈夫欲藏匿，女子欲和而樂。」又如《三國志．吳書．陸凱傳》：「今中宮萬數，不備嬪嬙，外多鰥夫，女吟於中，風雨逆度，正由此起。」又《舊唐書．憲宗紀》：「元和八年，出宮女二百車，任所從適，以水災故也。」又《白居易集》（卷五八）載為天和四年旱災而上奏章：「臣伏見自太宗、玄宗已來，每遇災旱，多有揀放，書在國史，天下稱之。」祈雨要吏民夫婦「偶處」，水旱災害要釋放宮女適人（嫁人），男女交接被視為關乎風調雨順與否、天人之際和諧與否的重大問題。

之篇者，本尋根不離此也。

從這樣的角度來看，伯二五三九之用優美華麗的文辭反覆描述、歌詠男女歡合，只是古老傳統在唐代的一次新的文學實踐而已。

據現有史料，自伯二五三九之後，色情文學經歷了很長一段幾乎空白的時期，直至明朝中葉方才勃然興盛。在此期間，雖曾出現秦醇的《趙飛燕別傳》、託名韓偓的《迷樓記》等作品，但都只能與前述《趙飛燕外傳》等屬同類程度，尚不足與明清色情文學作品比肩。

現存明清色情文學作品，大致可分為兩類：一類是將色情描寫作為「調味品」，以求取悅某些讀者，從而增加作品受歡迎的程度，如長篇小說《禪真逸史》、《禪真後史》、《隋煬帝艷史》等，「三言」、「二拍」中的一些故事也屬此類。這類作品的主題不是性愛。另一類則專以性愛為主題，如《肉蒲團》、《弁而釵》、《如意君傳》等。此兩類作品雖都常有不堪入目之處，但後一類作品與伯二五三九所體現的上古傳統之間，仍有某種若斷若續的精神聯繫。

正常的性愛與病態的色情之間，畢竟是存在明顯區別的。「健康自然」或可作為此種區別的判據之一。例如，在古代中國色情文學中，媚藥（以及淫器）是經常出現的重要內容之一，常藉此渲染病態、瘋狂的縱慾場景。【一】又如，以欣賞少女初次交合時疼痛為特徵的，近乎性虐待狂（sadism）的變態心理，也是古代中國色情文學中常見的描寫。【二】但是在伯二五三九中，這兩類內容都絲毫未曾涉及。伯二五三九中實寫的性愛場景基本上不失健康自然、歡樂明快，至少從性心理學的角度來看是如此。而對帝王男寵之類則僅是虛寫。

另一方面，有一個後世色情文學中百用不厭的手法，在伯二五三九中已見應用，即所謂「勸百諷一」。在盡情渲染色情場景及情態的前後，往往引入「萬惡淫為首」之類的道德說教作為點綴，以示作者寫作動機之純正無邪。【三】在伯二五三九中已可見到這一手法的表現。作者在第六段中描述帝王的後宮生活，先以華美的辭藻和欣賞的筆觸渲染：

【一】典型的例子可見《二刻拍案驚奇》（卷十八），《金瓶梅》中此類場景也多次出現。

【二】典型的例子可見《醒世恒言》（卷二十三），及《隋煬帝艷史》（第三十一回）。

【三】比如《肉蒲團》的作者在第一回中表白：「做這部小說的人原具一片婆心，要為世人說法。勸人窒慾不是勸人縱慾；為人秘淫不是為人宣淫。……《周南》、《召南》之化，不外是矣。」即其一例。

> 於是閹童嚴衛，女奴進膳；昭儀起歌，婕妤侍宴。成貴妃於夢龍，幸皇后於飛燕。然乃啟鸞帳而選銀環，登龍媒而御花顏。慢眼星轉，著眉月彎。侍女前扶後助，嬌客左倚右攀。獻素而宛宛，【一】內玉莖而閒閒。三刺兩抽，縱武皇之情慾；上迎下接，散天子之髡鬟。乘羊車於宮裡，插竹枝於户前。

這裡沒有任何批判的情緒，相反卻充滿艷羨和激賞。但末幾筆鋒一轉，對於皇帝後宮太眾作了一兩句批評：

> 今則南內西宮，三千其數，逞容者俱來，爭寵者相妒，矧夫萬人之軀，奉此一人之故？

「勸百諷一」之法，與賦這一文學形式有著特殊關係。昔日漢賦中的皇皇巨著，如司馬相如〈子虛賦〉、〈上林賦〉等，侈陳天子、諸侯遊獵之規模盛大、壯麗豪華，最後留下不足百分之十的篇幅，歸結到戒奢務儉、修明政治之類的結論上去，就是「勸百諷一」的標準模式。白行簡既用賦體，自然不會不知道這一傳統。甚至可以猜測：《大樂賦》在其末尾也可能用少量篇幅談一些節慾或禮教的話頭。至於「勸百諷一」之法本身，也未必純屬虛偽或僅為避免道德批判的障眼法。從文藝理論的角度來看，應該有其地位和道理。但此事顯然已越出本文所定範圍，茲不深論。

原刊《漢學研究》（台灣）一九九一年第九卷第一期

【一】卷子原文如此，由上下文可推知「素」下脱去一「臀」字。

古代性學與氣功、內丹及評價困難

引言

近年來，一些中國古代方術漸有重出、復興之勢，文人學者亦多有言之者，已形成一種社會風潮。在眾術中，內丹術特別引人注目。內丹術曾吸收了房中術的一些內容，這一與性有關的禁區，近年正日益被逼近。許多人希望能對此「正名」，並希望社會承認其真實性和科學性。

然而，這類以長生可致為號召的方術，曾長期被目為虛妄、腐朽甚至是誨淫誨盜的邪說，一朝重被「發掘」，還想進入科學殿堂，也引發了許多人士的困惑與批評。

鑒於上述情況，為了對問題獲得深入的理解，有必要對古代性學與內丹術的有關主張及兩者間的歷史淵源進行探索。本文擬對此作初步嘗試，並進而指出：必須首先在評價標準和理論方面進行思考，然後才談得到正名或承認與否的問題。

一、房中家的有關主張

全面評述房中術理論不是本文的任務，[1]這裡只據古代文獻討論房中術的一些有關主張。

首先是交接與長壽的關係。房中家認為交接是達到長壽甚至永生的手段，至少是手段之一。這種主張和中國傳統的哲學觀念有很深的內在聯繫。一個比較典型的說法如下：

> 男女相成，猶天地相生也，所以神氣導養，使人不失其和。天地得交接之道，故無終竟之限；人失交接之道，故有傷殘之期。能避眾傷之事，得陰陽之術，則不死之道也。天地晝分而夜合，一歲三百六十交而精氣和合，故能生產萬物而不窮；人能則之，可以長存。【二】

這種觀點顯然是植根於中國古代「天人感應」理論之中的。葛洪是最重要的房中術理論家之一，他還談到交接的利弊：

【一】較完整的評述可見江曉原：《性張力下的中國人》。

【二】〔晉〕葛洪：《神仙傳》，「彭祖」。

玄素諭之水火，水火煞人，而又生人，在於能用與不能耳。大都知其要法，御女多多益善；如不知其道而用之，一兩人足以速死耳。【一】

所謂「玄素」即房中術。《玄女經》、《素女經》都是古代房中術的經典著作，至今尚有殘篇存世。用「玄素」指房中術，是當時習見的用法。稍後另一大房中家孫思邈也重複了類似的論調，並藉古代傳說加以發揮：

黃帝御女一千二百而登仙，而俗人以一女伐命，知與不知，豈不遠矣？其知道者，御女苦不多耳。【二】

這種視女性為工具，以男性為中心的學說，只是房中術的一個方面。另一方面，也有相反的學說，那是可令女子青春長駐的房中術：

沖和子曰：非徒陽可養也，陰亦宜然。西王母是養陰得道之者也，一與男交而男立損病，女顏色光澤，不著脂粉。【三】

這方面在神仙傳說中有許多事例，茲舉一個較早的典型例子：

女丸者，陳市上沽酒婦人也，作酒常美。遇仙人過其家飲酒，以素書五卷為質。丸開視其書，乃養性交接之術。丸私寫其文要，更設房室，納諸少年，飲美酒，與止宿，行文書之法。如此三十年，顏色更如二十時。【四】

而在房中家那裡，則有所謂「男女俱仙之道」，陶弘景說：

《仙經》曰：男女俱仙之道，深內勿動，精思臍中赤色大如雞子，乃徐徐出入，精

【一】〔晉〕葛洪：《抱朴子．內篇．卷六》。
【二】〔唐〕孫思邈：《千金要方．卷二七》。
【三】〔日〕丹波康賴：《醫心方．卷二八》引《玉房秘訣》。
【四】〔漢〕劉向：《列仙傳》「女丸」。關於《列仙傳》的作者問題參見李劍國：《唐前誌怪小說史》（天津：南開大學出版社，一九八四年），頁一八七—一九〇。

動便退。一旦一夕可數十為之，令人益壽。男女各息，意共存之，惟須猛念。【一】

《仙經》是已佚之書，但歷代房中家、神仙家皆屢加稱引。稍後孫思邈也重複了上述說法。這裡要求在交接時兼行氣功，也是房中術理論的基本特色之一。

房中家提倡勤行交接，但並不是指今天人們通常理解的性交。這就引導到房中家的第二個基本主張——惜精。男性的精液，被認為是異常寶貴而神奇的物質，與人的生命和健康有極大關係。這顯然與認識到精液在生殖過程中的作用有關：

《仙經》曰：「無勞爾形，無搖爾精，歸心寂靜，可以長生。」又曰：「道以精為寶，寶持宜閉密，施人則生人，留己則生己。結嬰尚未可，何況空廢棄？棄損不竟多，衰老命已矣。」【二】

這是明人所引，似乎那時《仙經》尚未佚去，但也可能是從別的書轉引的（後面的五言韻文不像晉朝以前的作品）。不過惜精的觀念在房中家那裡淵源甚古，至少可以追溯到秦漢之際：

黃帝問於曹熬曰：民何失而死？何得而生？曹熬答曰：……玉閉堅精，必使玉泉毋傾，則百疾弗嬰，故能長生。【三】

即主張在性交時不可射精。這樣做的好處是：

必樂矣而勿寫（瀉），材將積，氣將褚（儲），行年百歲，賢於往者。【四】

後來的房中家對此陳述得更為詳細明白：

素女曰：一動不瀉則氣力強，再動不瀉耳目聰明，三動不瀉眾病消亡，四動不瀉

【一】〔梁〕陶弘景：《養性延命錄．卷下》。

【二】〔明〕高濂：《遵生八箋》，「延年卻病箋．下．高子三知延壽論」。

【三】馬王堆三號漢墓出土簡書《十問》，《馬王堆漢墓帛書》（肆）（北京：文物出版社，一九八五年），頁一四六。

【四】馬王堆三號漢墓出土簡書《十問》，頁一四八。

五神咸安，五動不瀉血脈充長，六動不瀉腰背堅強，七動不瀉尻股益力，八動不瀉身體生光，九動不瀉壽命未央，十動不瀉通於神明。【一】

這段韻文也可以在秦漢之際的文獻中找到明顯的先聲。孫思邈則說得更為簡捷誘人：

但數交而慎密者，諸病皆愈，年壽日益，去仙不遠矣。……能百接而不施瀉者，長生矣。【二】

射精會傷身促壽，交接時不射精的好處又被描述成如此之大，於是性交不可避免地成為一項危險萬分的活動：

御女當如朽索御奔馬，如臨深坑，下有刃，恐墮其中。若能愛精，命亦不窮也。【三】

這種不射精的性交，男性得不到高潮時刻的快感，對此房中家試圖以「長遠利益」來說服修習者：

采女問曰：交接以瀉精為樂，今閉而不瀉，將何以為樂乎？彭祖答曰：夫精出則身體怠倦，耳苦嘈嘈，目苦欲眠，喉咽乾枯，骨節解墮，雖復暫快，終於不樂也。若乃動不瀉，氣力有餘，身體能便，耳目聰明，雖自抑靜，意愛更重，恆若不足，何以不樂耶？【四】

這種交而不瀉的理論中，還有非常重要的一點，即所謂「還精補腦」之說。此事原與本文論題有關，但筆者已另有論述，【五】茲從省略。

要而言之，房中家主張用男方不射精的性交以求健身長壽（但要注意，房中家並不絕

【一】〔日〕丹波康賴：《醫心方．卷二八》引《玉房秘訣》。
【二】〔唐〕孫思邈：《千金要方．卷二七》。
【三】〔日〕丹波康賴：《醫心方．卷二八》引《玉房指要》。
【四】〔日〕丹波康賴：《醫心方．卷二八》引《玉房秘訣》。
【五】江曉原：《性在古代中國》（西安：陝西科技出版社，一九八八年），頁九〇－九二。

對排斥射精，相反，他們主張每隔一定時間應安排一次射精的交接），這是房中術理論中最基本的原則。孫思邈甚至說：

> 夫房中術者，其道甚近，而人莫能行。其法，一夜御十女，閉固而已，此房中之術畢矣。【一】

儘管孫氏將事情說得如此簡單，但那只是誇張的說法。實際上房中家認為，欲求健身長壽，還必須在交接的同時輔之以氣功，方能有效。比如陶弘景說：

> 但施瀉，輒導引以補其處，不爾，血脈髓腦日損，風濕犯之，則生疾病。由俗人不知補瀉之宜故也。【二】

這是說射精之後要進行導引來「補瀉」。這種想法也至少在秦漢之際已肇其端。在交接時也要兼行氣功。前引陶弘景談「男婦俱仙之道」就是一例。還有充滿神秘色彩的說法，比如：

（在交接的同時）思存丹田，中有赤氣，內黃外白，變為日月，徘徊丹田中，俱入泥垣，兩半合成一因。閉氣深內勿出但入，上下徐徐噏氣，情動欲出，急退之。此非上士有智者不能行也。……雖出入仍思念所作者勿廢，佳也。【三】

這種主張與前兩項主張相比，因所言之事很難捉摸，似乎更強調內心的感覺和領悟，在表述時也就往往玄乎其玄了。例如：

如親房事，欲泄未泄之時，亦能以此提呼噏吸，運而使之歸於元海，把牢春汛，不放龍飛，甚有益處。所謂造化吾手，宇宙吾心，妙莫能述。【四】

所謂「把牢春汛，不放龍飛」云云，仍是指抑止射精。

【一】〔唐〕孫思邈：《千金要方．卷二七》。
【二】〔梁〕陶弘景：《養性延命錄．卷下》。
【三】〔唐〕孫思邈：《千金要方．卷二七》。
【四】〔明〕高濂：《遵生八箋》，「延年卻病箋．上．李真人長生一十六字妙訣」。

房中家的上述幾項主張，都在很大程度上對內丹術產生了影響。至於這些主張的真偽對錯，如欲尋求一言九鼎的評判，使反對者和贊成者同時息喙，那在今天看來還為時尚早。本文第三部分還將論及這一點。

二、內丹與房中術的歷史淵源

詳述內丹義理同樣不是本文的任務。這裡僅就內丹與房中術的關係作初步探討。這又要從房中術與道教的淵源談起。

房中術與道教有著特殊關係。道教創始之初，房中術就是天師道的重要修行方術之一。【一】其後寇謙之改革天師道，很多人因他有「除去三張偽法，租米錢稅，及男女合氣之術，大道清虛，豈有斯事？專以禮度為首，而加以服食閉煉」【二】的宣言，就認為他革除了房中術，其實不然。他的《雲中音誦新科之誡》中分明說道：

然房中求生之本，經契故有百餘法，不在斷禁之列。若夫妻樂法，但勤進問清正之師，按而行之，任意所好，傳一法亦可足矣。【三】

足見仍不排斥房中術。寇謙之所謂房中術「經契故有百餘法」，也不全是無稽之談，比如稍前葛洪也有「而房中之術，近有百餘事焉」的說法。【四】此後房中術一直是道教非常重視的方術之一。前面提到的三位大房中家葛洪、陶弘景和孫思邈，就都是道教中的著名人物。

到宋代，情況發生了一些變化。有一種流行的說法，以為房中術到宋代以後由衰落而失傳。這種說法，可能主要是因今天已見不到宋以後的房中術專著和有關書目著錄。但實際上房中術仍在流行，一方面它名聲變壞，被視為誨淫邪術；另一方面它又被內丹家的雙修派所吸收採納。

道門之研究內丹，在殘唐五代已漸成風氣。入宋後，南北二宗相繼興起，內丹成為道教最主要的修煉方術。但內丹究竟在哪些方面、在多大程度上吸收了房中術理論，則迄

【一】江曉原：《性在古代中國》，頁五九—六三。

【二】《魏書．卷一一四》。

【三】《魏書．卷一一四》。寇謙之聲稱這是「自天地開闢以來，不傳於世，今運數應出」，才由太上老君賜授於他的。

【四】〔晉〕葛洪：《抱朴子．內篇．卷八》。

今仍晦暗不明。這種狀況在很大程度上是由於內丹家閃爍其辭、神秘虛玄的表述方式造成的。

何謂內丹，照宋代吳悞的說法是：

> 內丹之說，不過心腎交會，精氣搬運，存神閉息，吐故納新，或專房中之術，或採日月精華，或服餌草木，或辟穀休妻。【一】

這裡只能看出內丹與房中術有關係，具體情況還不清楚。但「專房中之術」與「辟穀休妻」或許可理解為雙修派與清修派的不同特徵。

今人常有道教北宗禁慾、南宗不禁之說，其實這是非常簡單化的說法。單就「禁慾」一詞的定義而言，禁慾與不娶妻是兩個概念，全真即便不娶妻，並不等於戒絕一切性行為，更不等於在內丹中必定排斥雙修。

內丹家最重視的經典，是東漢魏伯陽《周易參同契》（以下簡稱《參同契》）和北宋張伯端《悟真篇》，陳致虛的話可為代表：

且無知者妄造丹書，假借先聖為名，……切不可信。要當以《參同契》、《悟真篇》為主。【二】

《參同契》兼及內、外丹，後世內丹家的許多基本話頭，都已出現在其中；《悟真篇》則專述內丹，問世後影響極大，注家甚多。

《悟真篇》雖和其他許多丹經一樣，言辭隱晦閃爍，但結合注家之說（注家的言辭，幾乎無一例外，也都是「猶抱琵琶半遮面」的），仍可看出其中的雙修概念和對房中術的採納。各家注中，對這一問題涉及較多者為《紫陽真人悟真篇三注》（以下簡稱《三注》）。所謂「三注」，表面上看是因集陳致虛（上陽子）、薛道光（有人認為實即翁葆光）、陸墅（子野）三人之注故名，但也有的學者認為是陳致虛一人所撰，另假薛、陸之名而已。【三】陳致虛生當元代，其師為兼承南北二宗之學的全真道士趙友欽。陳本人的內丹著作也有融

【一】〔宋〕吳悞：《指歸集序》。
【二】〔元〕陳致虛：《金丹大要．卷一》。
【三】曾召南、石衍豐：《道教基礎知識》（成都：四川大學出版社，一九八八年），頁一二三。

合南北二宗的特色。下面試就《悟真篇》原文並結合陳注略作考察，間亦參以其他有關材料討論之。

《悟真篇》有「二物會時情性合，五行全處虎龍蟠。本因戊己為媒聘，遂使夫妻鎮合歡」之句，陳注云：

> 金丹之言夫妻者，獨妙矣哉！又有內外，亦有數說。……皆為男女等相。又能以苦為樂，亦無恩愛留戀，且以割捨為先。交媾只半個時辰，即得黍米之珠。是以不為萬物不為人，乃逆修而成仙作佛者，此為金丹之夫妻也。【一】

這段話裡提到了「夫妻」、「交媾」等語，但這還不足以證明所言必為男女雙修之事。類似上面的說法，在內丹家著作中很常見，有些內丹家認為這只是借用的表達方式，類似屈原之用香草美人以喻君臣離合，並非真指男女交媾之事。比如馬鈺說：

> 雖歌詞中每詠龍虎嬰姹，皆寄言爾。是以要道之妙，不過養氣。【二】

這可能更合於清修派的見解。

《悟真篇》又有「陽裡陰精質不剛，獨修此物轉羸尪。勞形按引皆非道，服氣飡（餐）霞總是狂」之語，《三注》云：

陽裡陰精，己之真精是也。精能生氣，氣能生神，榮衛一身，莫大於此。油枯燈滅，髓竭人亡，此言精氣實一身之根本也。

此種珍視精液的觀念，顯然是從房中家那裡繼承而來。為何將精液稱為「陽裡陰精」？值得注意。道家有一種觀念，認為女性全身屬陰，惟生殖器為純陽；男性則反是，全身屬陽，惟生殖器屬陰，故稱精液為「陽裡陰精」。又早期房中術著作皆稱「陰道」，如《漢書．藝文志》著錄之房中八家，以及馬王堆漢墓出土簡書中常見的「接陰之道」等，因這

【一】〔元〕陳致虛等：《紫陽真人悟真篇三注》，收入《正統道藏》（文物出版社．上海書店出版社．天津古籍出版社聯合影印本，一九八八年），第二冊。以下引此不再注出。

【二】〔元〕王頤中集：《丹陽真人語錄》。

些著作多以男性為中心，故所稱之「陰」正與「陽裡陰精」一致。由此就更容易理解《三注》下面的說法：

> 若或獨修此物，轉見尫羸。按引勞形，皆非正道；飡霞煉氣，總是強徒。設若吞日月之精華，光生五內，運雙關，搖夾脊，補腦還精，以至屍解投胎，出神入定，千門萬法，不過獨修陽裡陰精之一物爾。孤陰無陽，如牝雞白卵，欲抱成雛，不亦難乎！

這裡明確表示僅修「孤陰」——僅僅惜精和煉精是不行的，因此否定了「還精補腦」之類的法術。這就向雙修概念前進了一步。

《悟真篇》又云：「不識陽精及主賓，知他哪個是疏親？房中空閉尾閭穴，誤殺閻浮多少人。」對此《三注》謂：

> 四大一身皆屬陰，不知何物是陽精？蓋真一之精乃至陽之氣，號曰陽丹，而自外來制己陰汞，故為主也。二物相戀，結成金砂，自然不走，遂成還丹。迷徒不達此

理，卻行房中御女之術。強閉尾閭，名為煉陰，以此延年，實抱薪救火耳。

至此雙修的概念明顯。所謂至陽之氣自外來云云，聯繫到前面所說男女陽中之陰、陰中之陽的觀念，不難看出已暗示了異性之間的性行為。但陳致虛竭力要與「御女之術」劃清界限：

> 陽精雖是房中得之，而非御女之術。若行此術，是邪道也，豈能久長？……世之盲師以搖陰三峰御女之怪術轉相授受，所謂以盲引盲。

這裡所謂「三峰御女」之術，因涉及口、乳、陰（稱為上、中、下峰）而得名，又和半傳說半真實的道教人物張三丰扯上關係，有《三丰丹訣》一書，內述此術頗詳。「三峰」與「三丰」同音，殆類文字遊戲，不過增其神秘感而已。此術事涉穢褻，已與經典房中術大相徑庭，且有倫理道德問題，故為自居正統的內丹家如陳致虛輩大力抨擊，但實際上卻很難說與內丹術全無關係。

《悟真篇》又云：「姹女遊行自有方，前行須短後須長。歸來卻入黃婆舍，嫁個金翁作老郎。」陳注云：

姹女是己之精。遊行有方者，精有所行之熟路。……待彼一陽初動之時，先天真鉛將至，則我一身之精氣不動，只於內腎之下就近便處運一點真鉛以迎之，此謂前行短也。

這裡「一陽初動」、「先天真鉛將至」，以及上面提到的「真一之精乃至陽之氣」云云，都已是典型的「三峰之術」中概念，而且似乎很難再用「寄言」之說來理解。《悟真篇》又有「白虎首經至寶，華池神水真金，故知上善利源深，不比尋常藥品」等語，《三注》云：

首者，初也；首經即白虎初絃之氣，卻非採戰閨丹之術。若說三峰二十四品採陰之法，是即謗毀大道，九祖永沉下鬼，自身見世惡報者。

所謂「白虎初絃之氣」，即少女首次月經，所謂「閨丹」即此種物質製成，亦即所謂

「先天紅鉛」，凡此種種，皆為「三峰之術」中的典型內容，但陳致虛等仍力辯《悟真篇》與此無關。可是《三注》接著又說：

> 男子二八而真精通，女子二七而天癸降，當其初降之時，是首經耶？不是首經耶？噫！路逢俠士須呈劍，琴遇知音始可彈！

到此可以說再也掩飾不住與「三峰之術」的親緣關係了。陳致虛等的辯白至少是將他們心目中內丹雙修之術與「三峰之術」間的一些差別無限誇大了。這樣做或許是為了避免社會輿論的攻擊。

還有一種看法，認為《悟真篇》系統的內丹確有雙修之術，但雙修的夥伴（侶）不是異性，而是同性。也就是說，這涉及兩男性之間的性行為。今天一些內丹理論者的文章已經強烈暗示了這一點。有一位修習者也向筆者證實了這一說法。【一】

就文獻言之，這也並非毫無根據。例如，內丹家就有所謂「乾鼎」之說，「鼎」謂人

【一】與筆者的私人通信。

體：「乾」，陽，與「坤」對言，則「乾鼎」即男侶。又陳致虛等人反覆聲明他們所言與「三峰御女」無關，有人認為也可理解為是因其所言之「侶」並非女性。此外，關於道士之間的男性同性戀，在明代是流傳頗廣的話題。【一】這或許也從一個側面旁證了當時道士修煉內丹有同性為侶之事。

以上所述，僅是以《悟真篇》及陳注為例，以見內丹雙修之一斑而已。內丹之術尚有許多精微隱奧之處，係修習者口口相傳，僅靠典籍未能盡知。但內丹雙修之術與房中術的歷史淵源，已可從上面的討論略見端倪。內丹本是氣功，雙修又涉及性行為，這種性行為當然也不是射精暢慾的常規方式。故可以說，房中家以交接求健身長壽、惜精、交接時並行氣功這三項主張，都被內丹雙修派以特有的方式吸取了。

當然，據內丹家言，還有雙修中上乘之法，「神交而體不交」，卻仍有性快感；甚至清修也可能臻此境界：「自覺身孔毛間，躍然如快，又如淫欲交感之美。」【二】諸如此類，因事涉玄虛，這裡暫不論及。

三、當前理論上的問題

前兩節所論，純是從科學史的角度言之，但今天這個問題已有很強的現實意義。許多跡象表明，隨著「氣功熱」的深入，氣功中與性有關的禁區正在日益被逼近。茲舉最近出版的氣功書籍兩例如次。其一云：

> 強腎固精，是各門各派的健身功法和中醫所祈求的一種理想的效果，意思是說：既增強造精能力，又能做到精滿而不自溢，使過剩的精子被身體吸收，起**還精補腦**和壯體強身的作用。【三】（粗體字係筆者特意標出，後同）

【一】比如小說《禪真逸史．第十三回》：「這是我道教源流，代代相傳的。若要出家做道士，縱使鑽入地裂中去，也是避不過的。……凡道家和婦人交媾，謂之伏陰；與童子淫狎，謂之朝陽。實係老祖流傳到今，人人如此。」小說家言不能視為信史，但至少是社會上存在此種觀念的反映。

【二】《上洞心丹經訣．卷中》，「修內丹法秘訣」。

【三】邊治中：《中國道家秘傳養生長壽術》（哈爾濱：黑龍江人民出版社，一九八八年），頁九九—一〇〇。

這裡已提到了「還精補腦」，而此事是與男女性交分不開的。不過這裡還未直接言及雙修。下面的例子則又更進一大步：

> 此功法核心在「合」，**旨在雙修**，係「密中之秘」。【一】
>
> 有人說「人部功法」是「房中術」，我認為如果這不是好人的欠知，那這就是壞人的誣陷。【二】

內丹之術，若行清修，只涉及個人，大體不會產生倫理道德問題；若行雙修，情況就比較複雜，但也不至於如某些人所擔心的那樣完全無法解決。這裡要討論的則是科學性問題，這個問題還有著更廣泛的意義，非獨僅對內丹之術而言。

目前有許多人熱心於研究內丹。一些學者認為之所以還難以對內丹作出確切評價，一是由於真有深入實踐經驗者太少，二是用儀器測量有技術困難。這兩點固是實情，但評價內丹最大的困難並不在此。

現代科學是建立在特質世界的客觀性假定之上的。這個假定認為：物質世界是獨立於人類意志之外的客觀存在，它不會因人的主觀意念而改變。正因如此，物質世界才有客觀規律可被人類認識。物質世界客觀性假定的一個重要推論是：真實的科學實驗具有可重複性。這成為檢驗理論正確與否的有力判據。

但客觀性假定面對氣功理論卻產生了問題：當把人類自身肉體作為對象時，人能認為自己的肉體是獨立於自己意念之外的客體嗎？用正統的唯物主義觀點來看，人的意念不過是肉體內的一些物理、化學活動而已。但是人的意念能夠對自身肉體產影響，這一點氣功表現得非常明顯。例如，修習氣功能治療不少疾病，這已沒有人能否認。而氣功不同於體操，這裡意念是極為重要的。

這種用意念來改變肉體狀態的努力，有一條很重要的原則——「誠則靈」，也就是說，只有堅信自己的意念會起作用，意念才真能起作用。其實極而言之，「堅信」本身就是一種意念。由此言之，只要承認意念對肉體的作用，就無法完全否定「誠則靈」。然而這樣一來就無法保證實驗的可重複性了。舉例來說，一個將信將疑或存心想否定氣功的人，他

【一】劉漢文：《中國禪密功》（哈爾濱：黑龍江人民出版社，一九八八年），頁一〇八。
【二】劉漢文：《中國禪密功》，頁二五〇。

如果「修習」氣功，多半毫無效果，這時他如將氣功斥為江湖騙術，顯然無法使練功有效的人心服；但另一方面，對方也無法說服他，因為「誠則靈」與現代科學的原則是格格不入的。理論上困境正始於此。

目前已獲得修習成效的各種氣功，其中有些還只是內丹術中的初步築基功夫，倘若深入修習下去，「誠則靈」的問題將更為突出。有些人士已預見到這一點，例如：

雖不怕「若天機之輕泄，祖則罪延」，但因某些功理還不可能用現代語言進行解釋和解釋清楚，所以對不理解而抱有懷疑的好心人，對只迷信過去和自己的反對者，最好少講和不講避免誤會。【一】

許多人希望內丹術能發揚光大，並使之造福人類。其用心雖好，卻存在著一個嚴重的問題。內丹精微之處，號稱隱秘難解，而修習者絕不輕傳，關鍵仍在「誠」字——對不理解或有懷疑者「少講和不講」，欲知其說，則先須信。換言之，「理解的要信，不理解的也要信，在信中加深理解」。這樣的原則是與現代科學的思維法則無法相容的。科學在今天畢竟已經深入人心，科學所取得的無數成就是任何古代方術根本無法望其項背的。所以

「先信後理解」、「誠則靈」之類的原則，儘管也許不是沒有一定道理，但在客觀上確實極大地限制了內丹等方術的復興和光大——如果可能並且有價值的話。加之內丹家「三千功行與天齊」、「始知我命不由天」之類的成仙話頭，在張伯端的時代已經不免是「欲向人間留秘訣，未逢一個是知音」，何況是今天，聽起來更有偽科學的味道。

「偽科學」（pseudo-science），也譯作「類科學」或「擬科學」，本來並不是一個怎麼壞的詞，今天西方通常用來指那些與正統的現代科學原則相悖，但又講得頭頭是道的奇異學說。在內丹問題上，可以說，以正統的現代一方，以修習者、提倡者為另一方，已經形成理論上尖銳的對立。要擺脫這一困境並非易事。

後者的出路，初看起來有兩條。一是力圖使自己擺脫 pseudo-science 的狀態，以求被科學殿堂接納。這正是目前不少人士的努力方向。例如，試圖用一些現代科學的術語來談論氣功和內丹，或用科學儀器作某些測量等等。但是只要稍微瞭解一下當代科學哲學（philosophy of science）理論就可明白，這條路多半走不通。因雙方的基本假定、出發點、推理規則和表述方式等都完全不同，所以任何表面改動都不可能最終說服科學殿堂的門

【一】劉漢文：《中國禪密功》，頁一三六。

衞——除非將入門規則改一改。

這正是第二條出路。近年來氣功修習者、內丹提倡者、人體特異功能的贊成者等等，都在主張修改科學殿堂的入門規則，比如，放鬆對實驗可重複性的死硬要求，或者承認「誠則靈」。但現代科學是一個相當嚴密、完備的體系，在某一方面否定原有基本準則，往往意味著對整個科學體系的挑戰。例如有一位著名物理學家評論人體特異功能時就說：如果這些是真的，那全部物理學和整個科學都要重寫了。由此不難預見，科學殿堂的入門規則至少在可見的將來還無望修改。

在這種僵局之下，人們恐怕還是不得不接受多元化的概念：科學殿堂不妨依舊神聖莊嚴，閒人莫入；但內丹術也不妨繼續修習和研究下去（如有倫理道德問題，自然另當別論）。同時，設法使兩個體系得以溝通、對話的各種嘗試則始終是有價值的。也可以說，這算不正名的正名；對其科學性則目前既無法肯定，也無法否定——在兩個體系「此亦一是非，彼亦一是非」的狀態下，要否定一方與要對方承認自己同樣困難。至於有人藉此招搖撞騙，則自當別論。

原刊《大自然探索》一九九〇年第九卷第一期

高羅佩《秘戲圖考》與《中國古代房內考》之得失及有關問題

荷蘭職業外交官高羅佩（R. H. van Gulik），[一]因撰寫《秘戲圖考》[二]及《中國古代房內考》（以下簡稱《房內考》）[三]兩書而馳名歐美與東方，由此奠定他作為漢學家的學術和歷史地位。兩書先後問世迄今已數十年，在此期間，這方面的研究已有許多新進展；則今日回顧高氏兩書，就其得失及有關問題作一專題研討，既有必要，亦饒富趣味。

一、「兩考」緣起及其作意、內容與結構

高氏生前先後在世界各地出版論著、小說、譯作及史料凡十六種，從這些出版物足可

【一】高氏一九一〇年生於荷蘭，三至十二歲隨其父（任軍醫）生活於印度尼西亞，種下熱愛東方文明之根芽。中學時自習漢語，一九三四年入萊頓（Leiden）大學攻讀法律，但醉心於東方學，修習漢語、日語及其他一些亞洲語言文字。一九三五年獲博士學位。此後奉派至日本任外交官。高氏四處搜求中國圖書字畫、古玩樂器，並成珠寶鑑賞家；通書法及古樂，能奏古琴，作格律詩。一九四二至一九四五年間在華任外交官，與郭沫若、于右任、徐悲鴻等文化名流交往。高氏渴慕中國傳統士大夫的生活方式，自起漢名高羅佩，字忘笑，號芝台，名其寓所曰「猶存齋」、「吟月庵」；並於一九四三年娶中國大家閨秀水世芳為妻。一九四九年又回日本任職。此外還曾任外交官於華盛頓、新德里、貝魯特、吉隆坡等處。一九六五年出任駐日大使，一九六七年病逝於荷蘭。

【二】*Erotic Colour Prints of the Ming Period, With An Essay on Chinese Sex Life from the Han to The Ch'ing Dynasty; B. C. 226—A.D. 1644*. Privately published in fifty copies, Tokyo, 1951.《秘戲圖考》為高氏自題之中文書名。中譯本（楊權譯）：《秘戲圖考》（廣州：廣東人民出版社，一九九二年）。

【三】*Sexual Life in Ancient China, A Preliminary Survey of Chinese Sex and Society from ca. 1500 B. C. till 1644. A. D.* Leiden: E. J. Brill. 1961, 1974.《中國古代房內考》為高氏自題之中文書名。中譯本為李零等譯：《中國古代房內考》〔上海：上海人民出版社，一九九〇年（內部讀物）；更正式的版本是北京：商務印書館，二〇〇七年〕。

想見其人對古代中國及東方文化興趣之深、涉獵之廣。【一】其中在歐美最為風靡者為高氏自己創作之英文系列探案小說《狄公案》，【二】自一九四九年出版起，至今在美、英等國再版不絕。書中假託唐武周時名臣狄仁傑，敷演探案故事，致使「狄公」（Judge Dee）在西方讀者心目中成為「古代中國的福爾摩斯」（S. Holmes）。高氏對古代中國社會生活、風俗民情及傳統士大夫生活方式之深入理解，在《狄公案》中得到充分反映——此為撰寫「兩考」必不可缺之背景知識。

「兩考」之作，據高氏自述，發端於一「偶然事件」。【三】高氏在日本購得一套晚明春宮圖冊《花營錦陣》之翻刻木版【四】——中國色情文藝作品收藏家在日本不乏其人，高氏也

【一】高氏十六種出版物一覽如下：

1.《廣延天女，迦梨陀娑之夢》（*Urvasi, A Dream of Kalicasa*，梵文英譯），海牙，一九三二年。
2.《馬頭明王諸説源流考》（*Hayagriva, the Mantrayanic Aspect of Horse—Cult in China and Japan, with An Introduction on Horse—Cult in India and Tibet*），萊頓，一九三五年。此即高氏之博士論文。
3.《米布論硯》（米芾《硯史》之英譯及注釋），北平，一九三八年。
4.《中國琴道》（*The Lore of the Chinese Lute*），東京，一九四〇年。
5.《嵇康及其〈琴賦〉》（*Hsi K'ang and His Poetical Essay on the Lute*），東京，一九四一年。
6.《首魁編》（中文日譯），東京，一九四一年。
7.《東皋禪師集刊》，重慶，一九四四年。

8.《狄公案》(*Dee Goong An*)，東京，一九四九年。

9.《春夢瑣言》(*Tale of A Spring Dream*)，東京，一九五〇年。明代色情小說，高氏據其在日本所搜集之抄本印行。

10.《秘戲圖考》，見本書頁一二一注三。

11.《中日梵文研究史論》(*Siddham, An Essay on the History of Sanskrit Studies in China and Japan*)，那格浦爾（Nagpur，印度），一九五六年。

12.《棠陰比事》（英譯及注釋），萊頓，一九五六年。

13.《書畫說鈴》（英譯及注釋），貝魯特，一九五八年。

14.《中國繪畫鑒賞》(*Chinese Pictorial Art as Viewed by the Connoisseur*)，羅馬，一九五八年。

15.《中國古代房內考》，見本書頁一二一注三。

16.《長臂猿考》(*The Gibbon in China, An Essay in Chinese Animal Lore*)，萊頓，一九六七年。

【二】《狄公案》系列共中篇十五部，短篇八部，在大陸已有中譯全本，譯者為陳來元、胡明。譯文仿明清小說筆調，流暢可讀。陳、胡兩氏之中譯本在大陸又有多種版本，較好的一種為山西太原北岳文藝出版社一九八六年版。近年且有將《狄公案》故事改編為同名電視連續劇者，然去高氏原著中典雅意境頗遠。蓋高氏《狄公案》之作，既借用西方探案小說之技巧，並滲有西方之法律、價值觀念，同時又濟之以對中國古代社會文化之體察玩味，頗有中西合璧之妙。

【三】〔荷〕高羅佩著、楊權譯：《秘戲圖考》，頁I。

【四】《花營錦陣》原為藍、黑、綠、紅、黃五色之套色木刻印本，高氏所購為單色翻刻之木版。《秘戲圖考》之英文書題為 *Erotic Colour Prints of the Ming Period*（《明代春宮彩印》），其實全書四十餘幅春宮圖中僅十幅為彩印，其餘三十多幅——包括作為該書最初主體的《花營錦陣》全冊二十四幅在內——皆為單色，似略有名實不甚副之嫌。

熱衷於搜藏及研究晚明色情文藝，認為這套印版價值甚高，遂著手將其印刷出版。起先只打算附一篇關於中國春宮圖藝術的概論，及至動筆撰寫，始覺洵非易事，還須瞭解更多關於中國古代性生活、性習俗等方面的知識；因感到在此一領域並無前人工作可資參考，【一】高氏只好自己來作「筆路藍縷以啟山林」的功夫，於是有《秘戲圖考》之作，一九五一年印行。數年後，此書在學術界引起一些反響與爭論（參見本文第五節），高氏自己也發現了一些新的相關資料，方思有所修訂，適逢荷蘭出版商建議他撰寫一部「論述古代中國之性與社會」的、面向更多讀者的著作，於是有《房內考》之作。【二】

《秘戲圖考》全書共三卷。

卷一為「一篇漢至清代中國人性生活之專論」，又分為三篇。上篇為中國古代與性有關的文獻之歷史概述；中篇為中國春宮圖簡史；下篇為《花營錦陣》中與圖對應之二十四闋艷詞的英譯及注解，主要著眼於西人閱讀時的難解之處。

卷二為「秘書十種」，皆為高氏手自抄錄之中文文獻。第一部分係錄自日本古醫書《醫心方》卷二十八之「房內」、中醫古籍《千金要方》卷二十七之「房中補益」，以及敦煌卷子伯二五三九上的《天地陰陽交歡大樂賦》。【三】第二部分為高氏搜集的明代房中書《純陽演正孚祐帝君既濟真經》、《紫金光耀大仙修真演義》、《素女妙論》，以及一種殘頁《某氏家訓》。第三部分為兩種春宮圖冊《風流絕暢圖》、《花營錦陣》之題辭抄錄。又有「附錄」，抄錄若干零星相關史料，最重要者為四種色情小說《繡榻野史》、《株林野史》、《昭陽趣史》及《肉蒲團》中的淫穢選段。

卷三即全書最初方案中的主體——《花營錦陣》全冊（二十四幅春宮圖及各圖所題艷詞）。此外在卷一中，還有選自其他春宮圖冊的春宮圖二十幅，其中十幅係按照晚明春宮圖木刻套色彩印工藝在日本仿製而成。【四】

考慮到《秘戲圖考》後兩卷內容不宜傳播於一般公眾之中，高氏未將該書公開出版，

【一】與此有關的西文著作當然也有，但高氏認為這些著作充斥著偏見與謬說，故完全加以鄙棄，謂：「在這方面我未發現任何值得認真看待的西方專著，卻不期然發現一大堆徹頭徹尾的垃圾」（I found no special western publication on the subject worth serious attention, and a disconcertingly large amount of pure rubbish），見〔荷〕高羅佩著、李零等譯：《中國古代房內考》，頁 XI–XII。

【二】〔荷〕高羅佩著、李零等譯：《中國古代房內考》，頁 XIII–XIV。

【三】《醫心方》，日人丹波康賴編撰。《千金要方》，唐初孫思邈撰。《天地陰陽交歡大樂賦》，唐白行簡撰，對於此一文獻之專題研究，可見本書「《天地陰陽交歡大樂賦》發微」篇。

【四】〔荷〕高羅佩著、楊權譯：《秘戲圖考》，頁 XI。

僅在東京私人印刷五十部。全書自首至尾，所有英、漢、梵、日等文，皆由高氏親筆手書影印。高氏將此五十冊《秘戲圖考》分贈世界各大圖書館及博物館。他認為「此一特殊專題之書，只宜供有資格之研究人員閱讀」。[一] 他後來公佈了此書收藏單位的名錄，但只包括歐美及澳洲之三十七部，而「遠東除外」。[二] 根據現有的證據，中國大陸未曾獲贈。

《房內考》在很大程度上可視為《秘戲圖考》卷一那篇專論的拓展和擴充。他打算「採用一種視野開闊的歷史透視，力求使論述更接近一般社會學的方法」，[三] 意欲使兩書能相互補益，收雙璧同輝之功。《房內考》分為四編，用縱向敍述之法，自兩周依次至明末，討論古代中國人之性生活及有關事物。為使西方讀者對所論主題易於理解，還隨處插敍一些王朝沿革、軍政大事之類的背景知識。因《房內考》面向大眾公開出版，書中沒有淫蕩的春宮圖、色情小說選段、全篇的房中術等內容；若干事涉穢褻的引文還特意譯為拉丁文。

二、「兩考」成就及有價值之論點

由上文所述，已可略見高氏其人對於中國古代文化有甚深切之浸潤及理解體驗，因而高氏與其他西方漢學家相比，甚少「隔」之病。故「兩考」不僅成為開創之作，其中還多有高明的見解與論斷。

「兩考」之前，對於古代中國人性生活的專題論著，在西方可說是完全空白。既無客觀之作，自然誤解盛行，那些涉及此事的西人著作給人的印象往往是：中國人在性生活方面是光怪陸離、荒誕不經的，性變態廣泛流行，要不就是女人的小腳或是色情狂……西人如此，猶可以文化隔閡解之，然而求之於中土，同類論著竟也是完全空白，就不能不使人浩歎中國人在這方面禁錮之嚴、忌諱之深了。【四】正因如此，高氏「兩考」之作雖難盡美，

【一】〔荷〕高羅佩著、楊權譯：《秘戲圖考》，頁X。

【二】〔荷〕高羅佩著、李零等譯：《中國古代房內考》，頁三六〇。

【三】〔荷〕高羅佩著、李零等譯：《中國古代房內考》，頁XIV。

【四】比如高氏曾舉有名學者周一良在論文中不熟悉中國色情文獻資料之事為例，感歎「甚至一個本民族的中國學者對中國的色情文獻也所知甚微」，見〔荷〕高羅佩著、楊權譯：《秘戲圖考》，頁一〇二。

但開創之功已是無人可比。【一】而直至今日,「兩考」仍是西方性學及性學史著作家瞭解中國這方面情況之最主要的參考文獻,也就毫不奇怪了。【二】

「兩考」中不乏高明見解及有價值之論述,特別值得指出者有以下數端:

(一)房中術為中國多妻家庭所必需

高氏確認中國古代是通行一夫多妻家庭制度的,至少上層社會是如此——他認為這一點是如此顯而易見,以至無需進行論證。【三】在此一正確認定基礎之上,高氏能夠對一些重要而奇特的歷史現象作出圓通的解釋。其中最特出者為房中術。中國古代房中術理論的基本原則是要求男子能「多交不泄」,即連續多次性交而不射精,甚至達到「夜御九女」的境界;這一原則垂兩千年而不變。高氏指出,這是由於在多妻制家庭中,男性家主必須讓眾多妻妾都得到適度的性滿足,始能保證家庭和樂:

這些房中書基本上都屬指導正常夫妻性關係的書。我說「正常」,當然是指相對於中國古代社會結構來說的正常。這些材料中談到的夫妻性關係必須以一夫多妻的家庭制度為背景來加以考慮。在這種制度中,中等階層的男性家長有三四個妻妾,高於

中等階層的人有六至十二個妻妾，而貴族成員、大將軍和王公則有三十多個妻妾。例

【一】進入一九八〇年代後期，大陸學者始有中國性史方面的專著問世，如江曉原：《性在古代中國》（西安：陝西科學技術出版社，一九八八年）、《中國人的性神秘》（北京：科學出版社，一九八九年；台北：博遠出版有限公司，一九九〇年；北京：國際文化出版公司，一九九三年）、阮芳賦（F. F. Ruan）. *Sex in China*（New York: Plenum Press. 1991）。後兩種還較多地涉及大陸現今的性問題。又有劉達臨：《中國古代性文化》（銀川：寧夏人民出版社，一九九三年）等二三種，則仿高氏《房內考》按時代順序而述。然而所有上述各書，或失之於簡，或失之於淺，或失之於泛。欲求比高氏「兩考」更上層樓之作，惟江曉原：《性張力下的中國人》或能近之。

【二】例如美國女學者 R. Tannahill 有 *Sex in History* 一書，遍論世界各古老文明之性生活及習俗等，其中中國部分幾乎全取材於高氏《房內考》。Tannahill 此書在台灣有李意馬編譯本，名為《人類情愛史》；在大陸有全譯本，名為《歷史中的性》（北京：光明日報出版社，一九八九年）。

【三】實際仍有論證的必要，因為學者們在古代中國是一夫一妻制還是一夫多妻制這一點上有明顯的不同意見：潘光旦等人主張前者，呂思勉等人主張後者。一些當代著作中大多傾向於前者，主要理由是：1.人口中男女比例之大致相等；2.妻在法律地位上的惟一性。然而事實上，古代中國社會中長期普遍存在著相當大量的未婚及不婚人群，故第一點並不妨礙中上層社會實行多妻，第二點則是不成功的概念遊戲——妻、妾、侍姬、家伎，乃至「通房丫頭」，都可以是男性家主之人類學意義上的女性配偶，此為問題的實質。對於此事的詳細論證，詳見江曉原：《性張力下的中國人》（上海：東方出版中心，二〇〇六年），頁一七—二二。

如，書中反覆建議男子應在同一夜裡與若干不同女子交媾，這在一夫一妻制的社會裡是鼓勵人們下流放蕩，但在中國古代卻完全屬於婚內性關係的範圍。房中書如此大力提倡不斷更換性夥伴的必要性，並不僅僅是從健康考慮。在一夫多妻制家庭中，性關係的平衡極為重要，因為得寵與失寵會在閨閣中引起激烈爭吵，導致家庭和諧的完全破裂。古代房中書滿足了這一實際需要。【二】

為了讓眾多妻妾都能得到性滿足，男子必須掌握在性交中自己不射精卻使女方達到性高潮的一套技巧。房中術理論中的「採補」、「採戰」等説，也都可溯源於此。高氏從多妻家庭的實際需要出發來説明房中術的原則及其在古代中國之長期流行，自然較之將房中術説成「古代統治階級腐朽糜爛的生活所需」、「滿足獸慾」或者「中國古代重視房中保健」等等，要更深刻而合理得多。

（二）「后夫人進御之法」精義

《周禮．天官冢宰》「九嬪掌婦學之法」鄭玄注中有如下一段：

自九嬪以下，九九而御於王所。……卑者宜先，尊者宜後。女御八十一人當九夕，世婦二十七人當三夕，九嬪九人當一夕，三夫人當一夕，后當一夕。

古今學者嚴重誤解上引這段鄭注者，不乏其人。主要的誤解在將「御」字理解為現代通常意義上的性交，遂謂在一月之內天子要性交二百四十二次，【二】斷無可能；顧頡剛斥之為「經學史上的笑話」，不料自己反倒鬧出笑話。【三】其實這裡「御」可理解為「待寢」，未必非逐個與天子性交不可；即便真的「雨露承恩」，天子也必行房中之術，依「多交不泄」之法，故「夜御九女」確有實踐的可能。【四】高氏並未提及這些誤解（很可能他並未見到），但他根據對房中術理論的理解，為此事提出了極合房中之旨的解釋：

【一】〔荷〕高羅佩著、李零等譯：《中國古代房內考》，頁一五五。

【二】每十五日循環一周，故每月之次數為：2×（81＋27＋9＋3＋1）=242。

【三】顧頡剛云：「（鄭玄）又這般殘酷地迫使天子一夕御九女，在一個月之內性交二百四十二度，這就是鐵打的身體也會吃不消。」〔見顧氏長文〈由「烝」、「報」等婚姻方式看社會制度的變遷〉，載《文史》第十四輯（北京：中華書局，一九八二年，頁二）〕早先南宋魏了翁《古今考》也說此制「每九人而一夕，雖金石之軀不足支也」。

【四】關於前人對此事的誤解及房中術與古代帝王的特殊關係，筆者將另文詳論之。

低等級的配偶應在高等級的配偶之前先與王（按即天子）行房交媾，並且次數也更多。而王后與王行房則一月僅一次。這一規定是根據這樣一種觀念：……即在性交過程中，男人的元氣是由女人的陰道分泌物滋養和補益。因此只有在王和低等級的婦女頻繁交媾之後，當他的元氣臻於極限，而王后也最容易懷上一個結實聰明的王位繼承人時，他才與王后交媾。【一】

高氏對「后夫人進御之法」的解釋，較之前人僅從鄭注中談及月相而望文附會，【二】無疑深刻合理得多，至少更具實證色彩。

（三）古代中國人性行為非常健康

高氏曾寓目中國春宮畫冊十二種，共三百餘幅，他統計了其中所描繪的性行為姿勢，得到如下結果：【三】

百分比（%）	性交內容、姿勢或體位
25	正常男上位

20	女上位
15	立位（女腿倚於桌凳等處，男立其前）
10	男後位
10	肛交
5	側臥體位
5	男女蹲、坐合歡
5	cunnilinctio（與女陰口交）
3	penilinctio（與男根口交）
1	反常狀況（如一男共二女等）
1	女性同性戀

【一】〔荷〕高羅佩著、李零等譯：《中國古代房內考》，頁一七。

【二】如周密《齊東野語．卷十九》「后夫人進御」條：「其法自下而上，像月初生，漸進至盛，法陰道也。」又云：「凡婦人陰道，晦明是其所急。……故人君尤慎之。」完全不得要領。

【三】〔荷〕高羅佩著、李零等譯：《中國古代房內考》，頁三三〇。

高氏認為，「性學家會同意上表是健康性習慣的良好紀錄」。【一】他認為古代中國人很少有變態性行為——在傳世的房中書中未見這方面的任何討論，其他文獻中也極少這類記載。【二】只有女性同性戀（lesbianism）在他看來似乎是一個例外：

> 在一個大量女子被迫密近相處的社會中，女性同性戀似乎相當常見。……女性同性戀被認為是可以容忍的，有時甚至被鼓勵。【三】

此處高氏仍立足於對古代中國上層社會多妻制的考慮。

儘管高氏對古代中國人性行為的瞭解主要限於春宮圖，而且他也未能注意到在浩瀚的中國古籍中其實可以找到相當多的性變態記載，【四】但是他下面的論證仍不失其雄辯合理：春宮圖本有煽情之用，畫家自當竭盡其想像力以作藝術之誇張，況且晚明時代正值一部分士大夫放蕩成風，而三百餘幅春宮圖中仍未畫出多少變態性行為——勉強要算，也僅有口交、肛交和女性同性戀三種，可見古代中國人性行為的主流是很正常而健康的。【五】這一結論就總體而言是正確的。

（四）士大夫狎妓動機

高氏對於古代中國士大夫與妓女（通常是藝妓之類較高等的妓女）的交往，所涉史料雖不甚多，卻有頗為真切的理解。他認在這種交往中肉慾的滿足「是第二位的因素」，而許多士大夫與藝妓的交往甚至是為了「逃避性愛」，高氏論此事云：

> 瀏覽描寫這一題材的文學作品，你會得到這樣一個印象：除必須遵守某種既定社會習俗外，男人常與藝妓往來，多半是為了逃避性愛，但願能夠擺脫家裡的沉悶空氣和出於義務的性關係。……他們渴望與女子建立一種無拘無束的朋友關係，而不必非導致性交的結果不可。【六】

【一】〔荷〕高羅佩著、李零等譯：《中國古代房內考》，頁三三〇。

【二】這一說法明顯不妥，因高氏對中國古籍所見終究有限。參見本文第三節。

【三】〔荷〕高羅佩著、楊權譯：《秘戲圖考》，頁一四八。

【四】一些初步的線索可參見《性在古代中國》及 *Sex in China* 兩書，但在筆者計劃撰寫的下一部書中，還將有更為全面的實證論述——筆者在中國古籍中發現的記載至少已涉及二十五種性變態。

【五】〔荷〕高羅佩著、李零等譯：《中國古代房內考》，頁三三〇。

【六】〔荷〕高羅佩著、李零等譯：《中國古代房內考》，頁一八一。

高氏的理由是：能夠交往高等妓女的士大夫，家中多半也妻妾成群，不僅不存在肉慾不得滿足的問題，相反還必須維持「出於義務的性關係」，有時殆近苦役。高氏此說，因特別強調了一個方面，聽起來似乎與多年為大眾所習慣的觀念（狎客漁色獵艷荒淫無恥，妓女水深火熱苦難無邊）頗相衝突，但考之史實，實近於理。古代中國社會中，受過最良好文學藝術教養的女性群體，通常既不在良家婦女，也不在深宮后妃（個別例外當然會有）中，而在上等藝妓之中：故士大夫欲求能夠詩酒唱和、性靈交通之異性朋友，捨此殆無他途。【一】在這類交往中，狎客與妓女之間仍存在著某種「自由戀愛」的氛圍——性交既不是必須的，尤其是不可強迫的。【二】

（五）關於「清人假正經」

高氏在「兩考」中多次抨擊清朝人的「過分假正經」（excessive prudery）。例如：

> 中文著作中對性避而不談，無疑是假裝正經。這種虛情矯飾在清代一直束縛著中國人。……他們表現出一種近乎瘋狂的願望，極力想使他們的性生活秘不示人。【三】

他將他所見中國書籍中對性諱莫如深的態度（其實並非全是如此）也歸咎於清人的「假正經」；甚至認為「清朝士人刪改了所有關於中國性生活的資料」。【四】

儘管中國人對性問題的「假正經」未必從清代方才開始，【五】這種「假正經」也遠未能將道學家們看不順眼的書籍刪改、禁毀淨絕，但高氏的抨擊大體而言仍十分正確。高氏有感於清代士人每言「男女大防之禮教」自古而然，兩千年前即已盛行，遂自陳《房內考》的主旨之一，「就是要反駁這種武斷的說法」。【六】高氏的這一努力，對於歷史研究而言固

【一】古代中國士大夫筆下所謂「蘭心蕙質」、所謂「解語花」等等，皆此意也。魚玄機、薛濤及她們與士大夫交往的風流韻事，只是這方面特別突出的例子。

【二】自唐宋以降，大量涉及士大夫在青樓尋花訪艷的筆記小說、專門記載和文學作品都證明了這一點。直到本世紀初，上海的高等妓女與狎客之間仍保持著這一「古意」，有人說「《海上花》時代上海租界的高等妓院裡卻推行一種比較人道的賣淫制度」（施康強：〈眾看官不棄《海上花》〉，《讀書》，一九八八年第十一期），其實自古而然也。《海上花》指《海上花列傳》，全書初版於一八九四年，大陸有現代版本（北京：人民文學出版社，一九八二年）。

【三】〔荷〕高羅佩著、李零等譯：《中國古代房內考》，頁XI。

【四】〔荷〕高羅佩著、楊權譯：《秘戲圖考》，頁一〇二。

【五】這種「假正經」大致從宋代起漸成風氣，此後有愈演愈烈之勢。

【六】〔荷〕高羅佩著、李零等譯：《中國古代房內考》，頁XII。

是有的放矢，就社會生活而論且不失其現實意義。【一】

（六）道教與密宗「雙修術」之關係

高氏在《秘戲圖考》中已經注意到，中國道教房中採補雙修之術（特別是孫思邈《千金要方．房中補益》所述者），「與印度密教文獻和一些似以梵文史料為基礎的文獻中所說明顯相似」。【二】他對此作了一些討論，但對兩者之間的關係尚無明確看法。十年後在《房內考》中，他對此事的論述發展為一篇頗長的附錄，題為「印度和中國的房中秘術」，其中提出一種說法，認為早在公元初就已存在的中國房中秘術曾「理所當然」地傳入印度，至公元七世紀在印度站穩了腳跟，被吸收和採納。關於雙方的承傳，高氏的結論是：

> 中國古代道教的房中秘術，曾刺激了金剛乘在印度的出現，而後來又在至少兩個不同時期以印度化形式返傳中土。【三】

這兩次返傳，一次是指密教在唐代之傳入，一次則以喇嘛教形式在元代傳佈於中土，兩者都有男女交合雙修的教義與儀軌。

高氏此說的主要價值，在於指出了中國道教房中雙修之術與密宗金剛乘、印度教性力派（二者常被統稱為「但特羅」，即Tantrism）雙修之術有相同之處。至於印度房中雙修秘術來自中國之說，則尚未成為定論，因為印度秘術的淵源也很久遠。【四】

最後可以提到一點，自從弗洛伊德的精神分析學說在二十世紀上半葉盛行之後，頗引起一些西方學者將之應用於歷史研究的興趣，在漢學家當中也不乏此例。【五】然而高氏在「兩考」這樣專門研究性文化史的著作中，倒是連弗洛伊德的名字也從未提到，書中也看

【一】無可諱言，當代中國人在某些性問題上的處境，甚至還不如古人。

【二】〔荷〕高羅佩著、楊權譯：《秘戲圖考》，頁八二。

【三】〔荷〕高羅佩著、李零等譯：《中國古代房內考》，頁三五六。

【四】若將此未定之論許為高氏「三大貢獻」之一（柯文輝：〈中國古代的性與社會——讀《中國古代房內考》有感〉，《世紀》，一九九三年第二期），則言過其實，非通論也（柯文中還有多處其他不通之論）。

【五】例如，有謂屈子美人香草之喻為同性戀之寄託者，有謂孟郊「誰言寸草心，報得三春暉」為暗示「戀母情結」之家庭三角關係者。更有某德裔美國漢學教授以性象徵串講中國古詩，奇情異想，出人意表。如講柳宗元〈酬曹侍御過象縣見寄〉：破額山前碧玉流，騷人遙駐木蘭舟。春風無限瀟湘意，欲採蘋花不自由。謂：木蘭舟者，女陰之象徵也（形狀相似），而騷人駐其上，即男女交媾之圖像也。參見張寬：〈弗洛伊德精神分析的圈套〉，《讀書》，一九九四年第二期。

不見受精神分析學說影響的跡象。

三、《房內考》總體上之欠缺

對於高氏「兩考」，如作總體評分，則《房內考》反遜於十年前之《秘戲圖考》。因《秘戲圖考》涉及領域較窄，所定論題較小，只是討論晚明色情文藝及其歷史淵源，高氏對此足可遊刃有餘。而且書中對於春宮圖冊及其印版、工藝等方面的詳細考述，又富於文化人類學色彩，極具實證研究的價值。但到了《房內考》，所設論題大大擴展，高氏「起家」於春宮圖之鑒賞，對於中國古代其他大量歷史文獻未能充分注意和掌握運用，因此難免有些力不從心。此外，無可諱言，高氏在社會學、史學、性學等方面的學術與理論素養，對於完成《房內考》所定龐大論題來說是不太夠的。

《房內考》對史料掌握運用的欠缺，大略可歸納為三方面，依次如下：

其一為哲學與宗教典籍。先秦諸子或多或少都注意到性問題，而以儒家經典對此最為重視。高氏僅注意到《禮記》中一些材料，並搜集了《左傳》中若干事例，但未作任何深入分析；其他大量史料皆未涉及。道教中的材料，高氏注意較多。[二]佛教雖被視為禁慾的宗教，但佛典中也以一些獨特的角度（如為禁慾而定的戒律、「以慾鈎牽而入佛智」等）涉及性問題。高氏對這些都未加注意，只是將目光集中於金剛乘的雙修術上。

其二為歷朝正史。史官雖各有偏見和忌諱，但並未在正史中完全迴避與性有關的問題。就性與社會、政治等方面關係而言，正史中大量材料，是其他史料來源無法替代或與之相比的。這方面的史料高氏幾乎完全未加注意；造成如此嚴重的資料偏缺，令人奇怪，因為以高氏的漢學造詣和條件，他應該很容易瞭解這方面的史料。看來高氏從鑒賞晚明春宮圖入手而進入這一領域，雖然能見人之所罕見，卻也從一開始就局限了他的目光。

其三為浩如煙海的稗官野史，包括文人的雜記、隨筆、誌怪小説之類。由於多屬私人遊戲筆墨，這類作品在題材上幾乎沒有任何限制，因而政治或道德方面的忌諱也少。許多文人私下所發表的對性問題的看法和感想，許多關於性變態的記載，以及關於娼妓業的社會學史料，都保存在稗官野史之中。在這方面，高氏只注意到了極小的一部分，而且所引材料也缺乏代表性。此外對於反映文人個人精神世界的大量詩文，高氏也只是偶爾提到個

【一】現今《道藏》中涉及房中術的那部分文獻，並無太大的重要性。高氏將這一情況歸咎於編《正統道藏》時對性學材料的刪汰。

別例子（如薛濤、魚玄機的詩，此等處高氏有點獵奇之意），基本上未能掌握運用。

最後，在評價「兩考」高下時，有一點必須指出，即《房內考》中幾乎所有重要論點都已在《秘戲圖考》中出現，《房內考》只是增述了有關史料和外圍背景。對於論題專門的《秘戲圖考》而言，這些重要論點（參閱本文第二節）足以使該書顯得厚重、淵博；但對於論題龐大的《房內考》而言，這些論點成為題中應有之義，處理起來就有「吃力不討好」之處了。

四、「兩考」具體失誤舉例

「兩考」為開創性之研究，況且高氏以現代外國之人而論古代中國之事，則書中出現一些具體失誤，自在情理之中。茲舉證若干例，以供參考：

高氏認為「中國社會最初是按母權制形式（matriarchal pattern）組成」，【一】但是現代人類學理論普遍傾向於否認這種制度的真實性，因為迄今尚未在人類歷史上發現任何母權制社會的確切證據；在中國古代也沒有這樣的確切證據。【二】

高氏在《房內考》中引述《左傳·哀公十一年》衛世叔離婚一事時，將「姪娣來媵」

之「娣」誤解為姪之妹，而實際上應是妻之妹。【三】

又同書中高氏引述《世說新語．賢媛》記山濤之妻夜窺嵇康、阮籍留宿事，說這是山濤妻想驗證嵇、阮之間有無同性戀關係，【四】未免附會過甚。

高氏有時年代錯記、引文有誤，這類小疵此處不必一提，【五】也無傷大局。但他也時常出現不該有的「硬傷」。

比如他搜集、研讀中國古代房中書甚力，卻一再將《玉房秘訣》中「若知養陰之道，使二氣和合，則化為男子；若不為男子，轉成津液流入百脈……」這段話誤解為「一個女

【一】〔荷〕高羅佩著、李零等譯：《中國古代房內考》，頁九。注意「母權制」（matriarchy）與「母系制」（matriliny）是不同的概念。在母系制社會中仍可由男性掌握大權。

【二】例如馬林諾夫斯基的《文化論》（北京：中國民間文藝出版社，一九八七年，頁三四）、童恩正的《文化人類學》（上海：上海人民出版社，一九八九年，頁三三三），等等，都持這樣的看法。

【三】〔荷〕高羅佩著、李零等譯：《中國古代房內考》，頁三三。「姪娣來媵」中姪、娣與妻的輩份關係，在不少現代著作中都是語焉不詳或有誤解的，對此筆者有另文評論。

【四】〔荷〕高羅佩著、李零等譯：《中國古代房內考》，頁九三。

【五】在《房內考》李零等的中譯本（參見頁一二一注三）中，不少這類小疵已被細心注出。

人如何在交合中通過採陽而改變性別」，【一】並與「女子化為男子」之說扯在一起。【二】然而只需稍稍披閱《玉房秘訣》等高氏經常引用的房中書，就可明白上面那段話，是說男精可在子宮內結成男胎，【三】若不結胎，也能對女方有所滋養補益。

春宮圖的評述、鑒賞，應是高氏無可爭議的「強項」，然而他在這方面也有令人不解的硬傷。最突出的一例，是在談到春宮圖冊《花營錦陣》第四圖時，高氏描述其畫面云：

一個頭戴官帽的男子褪下了褲子，姑娘（此處高氏原文為girl）的褲子則脫在桌上。姑娘的一隻靴子已脫落。【四】

然而檢視《秘戲圖考》中所印原圖，這個所謂的「姑娘」穿的卻是男式靴子，脫落了靴子的那隻腳完全赤裸著，是一隻未經任何纏裹摧殘的健康天足。這樣問題就大了：因為按晚明春宮圖的慣例，女子必定是纏足，而且在圖中女子全身任何部位皆可裸露描繪，只有足絕不能裸露；對於這一慣例高氏知之甚稔，並不止一次強調指出過，例如他說：

我尤其要指出中國人對表現女性裸足的傳統厭惡。……只要讓讀者知道女子的裸足完全是禁忌就夠了。即使最淫穢的春宮版畫的描繪者也不敢冒犯這種特殊禁忌。【五】既然如此，此《花營錦陣》第四圖（高氏指出它是從另一春宮圖冊《風流絕暢圖》中移補而來）就不可能是描繪男女之間的事。事實上它描繪的是兩男肛交，其題辭《翰林風》也明確指示是如此。【六】高氏之誤，可能是因原圖上那少年梳了女式髮型而起——其實這種

【一】（荷）高羅佩著、楊權譯：《秘戲圖考》，頁四二。

【二】（荷）高羅佩著、李零等譯：《中國古代房內考》，頁一五九。

【三】幾乎所有中國古代醫書、房中書在談到「種子」時，都是著眼於如何在女子子宮中結成男胎，「弄瓦之喜」則是不值一提的細事，重男輕女，有由來矣。

【四】（荷）高羅佩著、楊權譯：《秘戲圖考》，頁二一一。

【五】（荷）高羅佩著、楊權譯：《秘戲圖考》，頁一六九——一七〇。關於這一禁忌，還可引《肉蒲團》第三回中內容加以證明：「要曉得婦人身上的衣服件件去得，惟有摺褲（腳帶）去不得」。故在晚明春宮圖中女子的小腳永遠是被摺褲遮掩著的。

【六】首二句云：「座上香盈果滿車，誰家年少潤無瑕」，其中「年少」一詞通常都指少年男子；「果滿車」用了「擲果潘郎」的典故，更表明為男子無疑。

換妝在當時並不罕見，《金瓶梅》中就有確切的例證。【一】

又如高氏推測「明朝以前的春宮畫卷似乎一種也沒有保存下來」，【二】這只是他未曾看見而已。例如在敦煌卷子伯二七〇二中就有線描春宮圖（當然不及晚明的精美），照理他不難瞭解。【三】

再如，高氏寓目晚明春宮圖如此之多，卻偏偏忽略了《新刻繡像批評金瓶梅》（約刊於一六三〇年前後）中幾十幅有春宮內容的插圖【四】——這些插圖中人體比例之優美、線條之流暢，遠勝於高氏推為上品的《鴛鴦秘譜》、《花營錦陣》等畫冊。

五、「兩考」與李約瑟及「上海某氏」

李約瑟撰寫《中國科學技術史》第二卷時，見到高氏贈送劍橋大學圖書館的《秘戲圖考》。他不同意高氏將道教採陰補陽之術稱為「性榨取」（sexual vampirism），遂與高氏通信交換意見。李約瑟後來在其書「房中術」那一小節的一條腳注中述此事云：

我認為高羅佩在他的書中對道家的理論與實踐的估計，總的來說否定過多；……

現在高羅佩和我兩人經過私人通信對這個問題已經取得一致意見。【五】

高氏似乎接受了李氏的意見，他在《房內考》序中稱：

【一】《金瓶梅》第三十五回「西門慶為男寵報仇，書童兒作女妝媚客」：「玳安（替書童）……要了四根銀簪子，一個梳背兒，面前一件仙子兒，一雙金鑲假青石頭墜子，大紅對衿絹衫兒，綠重絹裙子，紫銷金箍兒。要了些脂粉，（書童）在書房裡搽抹起來，嚴然就如個女子，打扮得甚是嬌娜。」

【二】〔荷〕高羅佩著、楊權譯：《秘戲圖考》，頁一五三。

【三】西方漢學家要瞭解敦煌卷子中伯卷、斯卷等材料，當時仍遠比中國學者方便。附帶提起，高氏未能利用長沙馬王堆漢墓出土的珍貴性學史料，雖是缺憾，但不足為高氏之病——這批史料出土時（一九七三年），高氏已歸道山。

【四】《新刻繡像批評金瓶梅》（濟南：齊魯書社，一九八九年）。此本插圖二百幅，係據古佚小說刊行會影印本（一九三三年）製版。

【五】〔英〕李約瑟：《中國科學技術史·第二卷》（北京：科學出版社，上海：上海古籍出版社，一九九〇年），頁一六一。

《秘戲圖考》一書中所有關於「道家性榨取」和「妖術」的引文均應取消。【一】

然而高氏在同一篇序中又說：新的發現並未影響《秘戲圖考》中的主要論點，「李約瑟的研究反倒加強了這些論點」。【二】而且《房內考》在談到《株林野史》、《昭陽趣史》等小說時，仍稱它們的主題是「性榨取」——只是說成「古房中書的原理已淪為一種性榨取」，【三】算是向李氏的論點有所靠攏。

《秘戲圖考》至少八處提到一位「上海某氏」，此人是春宮圖和色情小說之類的大收藏家。高氏書中談到的《風流絕暢圖》、《鴛鴦秘譜》、《江南消夏》等春宮圖冊都是參照他所提供的摹本複製；他還向高氏提供了明代房中書《既濟真經》、小說《株林野史》等方面的版本情況。

對於他們之間的交往，高氏記述了不少細節，如關於春宮圖冊《鴛鴦秘譜》的摹本：

該摹本是上海某收藏家好意送我的。他每幅圖都讓一個中國行家備製了六個摹樣，一個表現全圖，另外五個是每種不同顏色的線條的合成。他還送給我一個配圖文字的摹本，以示書法風格。……我尤其要感謝這一慷慨襄助。【四】

此人還告訴高氏，《鴛鴦秘譜》中有六闋題辭與小說《株林野史》中的相同，但是：

不幸的是，在他贈給我一份關於那部畫冊的內容和詞後署名的完整目錄之前，我們的通信中斷了。【五】

由於此人要求高氏為其姓名保密，所以高氏在書中始終只稱之為「上海某氏」、「上海一位不願透露姓名的收藏家」等等。至今尚未能確考此神秘人物究竟為誰，【六】也不知在此後中國大地掀天巨變中，特別是在「文革」十年浩劫中，此人和他的珍稀收藏品是何種

【一】〔荷〕高羅佩著、李零等譯：《中國古代房內考》，頁XIV。

【二】〔荷〕高羅佩著、李零等譯：《中國古代房內考》，頁XIII。

【三】〔荷〕高羅佩著、李零等譯：《中國古代房內考》，頁三一六。

【四】〔荷〕高羅佩著、楊權譯：《秘戲圖考》，頁一七四。

【五】〔荷〕高羅佩著、楊權譯：《秘戲圖考》，頁一三七。

【六】友人樊民勝教授猜測，此人可能是周越然。周氏在二十世紀四十年代，據說以淫穢色情書籍之收藏聞名於上海。周氏也確實發表過這方面的文章，例如〈西洋的性書與淫書〉（載《古今》半月刊，第四十七期）等。

結局？【一】

六、關於「兩考」中譯本

「兩考」問世之時，正值中國大陸閉關鎖國，《秘戲圖考》未曾獲睹自不必言，《房內考》原版是否購入也頗成問題。【二】信息是如此隔膜，以致「文革」結束後，有的飽學之士聞有高氏之書，仍如海外奇談。【三】所幸近年中外文化交流日見活躍，「兩考」已相繼出版中譯本（一九九〇年、一九九二年，詳見本書頁一二一注二、注三）。

如僅就此兩中譯本而言，《房內考》的價值要超過《秘戲圖考》。首先，在《房內考》全譯本已經出版的情況下，再出現在這個《秘戲圖考》中譯本意義不大——該譯本已刪去全部《花營錦陣》和其他所有真正的春宮圖，以及所有的色情小說選段。那篇專論現在成了主體，而這篇專論中的幾乎所有主要論點和內容在《房內考》中都有，且有更多的發揮和展開。再說高氏當初欲令「兩考」相互補充，就在於《秘戲圖考》中有春宮圖和原始文獻，今既刪去，就無從互補了。其次，在編校質量上，《秘戲圖考》中譯本也有欠缺。比如對所引古籍的句讀標點，高氏手抄原版也有幾處小誤，但中譯本有時卻將高氏原不誤者改誤；【四】又如多處出現因形近而誤之錯字，等等。

原刊《中國文化》，一九九五年第十一期，北京・香港・台北

【一】高氏身後留下的收藏品，包括書籍兩千五百種，共約一萬冊，倒是成了他母校萊頓大學漢學院的專門收藏。其中想必包括這位「上海某氏」送給他的那些春宮圖摹本。

【二】《房內考》中譯者李零在「譯後記」中說，一九八二年前後他曾在中國社會科學院考古研究所見到一冊，「聽說是由一位國外學者推薦，供中國學者研究馬王堆帛書醫書部分作為參考」。

【三】參見施蟄存：〈雜覽漫記・房內〉，《隨筆》，一九九一年第六期。

【四】例如《繁華麗錦》中「駐馬聽」曲末幾句（中譯本頁二一五，頁二一九—二二〇；原版卷一頁二〇〇）、《花營錦陣》第廿一圖題辭末兩句（中譯本頁二六三、頁四二六；原版卷二頁一五八—一五九）、《既濟真經》前言之中數句（中譯本頁三七五；原版卷二頁九一）等多處，皆緣於對舊詞曲之格律、古漢語常用之句式等未能熟悉。

歷史人物篇

被中國人誤讀的李約瑟

——紀念李約瑟誕辰一百週年

一、經媒體過濾的李約瑟

由於多年來大眾傳媒的作用，李約瑟成了「中國科學史」的同義語。至少在大眾心目中是如此。

通常，大眾心目中的李約瑟，首先是「中國人民的偉大朋友」，因為他主編的巨著《中國科學技術史》，「為我國的科學文化作了極好的宣揚」，[一]為中國人爭了光。這部巨著新近的「精彩的提煉」，則是坦普爾（Robert K. G. Temple）的《中國：發明與發現的國度》——由國內專家推薦給「廣大青少年讀者」的一部普及讀物，其中共舉出了一百個「中國的世界第一」，以至於可以得出驚人的結論：「近代世界賴以建立的種種基本發明和發現，可能有一半以上源於中國。」[二]

由於中國至少一個多世紀以來一直處在貧窮落後的狀態中，科學技術的落後尤其明顯，公眾已經失去了漢唐盛世的坦蕩、自信心態。因此這些「世界第一」立刻被用來「提高民族自尊心、樹立民族自信心」。從李約瑟的研究工作被介紹進來的那一刻開始，國人就是按這樣的邏輯來認識的：李約瑟作為一個外國人，為我們中國人說了話，說我們中國了不起，所以他是中國人民的偉大朋友。

自一九五四年他出版《中國科學技術史》第一卷《總論》，此後約二十年，正是中國在世界政治中非常孤立的年代。在這樣的年代裡，有李約瑟這樣一位西方成名學者一卷卷不斷地編寫、出版弘揚中國文化的巨著；更何況他還為中英友好和交往而奔走，甚至為證明美軍在朝鮮和中國東北使用細菌武器而奔走，這當然令中國人非常感激，或者可以說是感激涕零。正如魯桂珍在《李約瑟小傳》中所說：「當時中國多麼需要有人支持，而李約瑟大膽給予了支持。」【三】

媒體描述給公眾的李約瑟，影響了公眾心目中的中國科學史。

在許多公眾心目中，中國科學史，就是用來搜尋、列舉中國歷史上各種發明、成就的，是尋找「中國的世界第一」的。或者乾脆一句話：中國科學史研究的目的就是進行愛國主義教育。這種觀點一度深入人心，幾乎成為普遍的共識。

【一】張孟聞編：《李約瑟博士及其〈中國科學技術史〉》（上海：華東師範大學出版社，一九八九年），頁一。

【二】〔美〕R. K. G. 坦普爾著、陳養正等譯：《中國：發明與發現的國度》（南昌：二十一世紀出版社，一九九五年），頁一一。

【三】張孟聞編：《李約瑟博士及其〈中國科學技術史〉》，頁一九。

大眾心目中的中國科學史又影響了對中國科學史的研究取向。

科學史研究到底該不該以進行愛國主義教育為目的，十幾年前國內科學史界曾在一些會議上爆發過激烈爭論。[一]當時肯定的觀點佔據主流地位，只有一些年青人勇敢地對此表示了懷疑和否定。到今天，情形當然大有進步，相當多的學者已經認識到，科學史和其他科學學科一樣，只能是實事求是的、沒有階級性的、不存在政治立場的學術研究。不過，缺乏這種認識的人士無疑還有很多。

最後，還有書名問題。李約瑟的巨著本名《中國的科學與文明》（*Science and Civilization in China*），這既切合其內容，立意也好；但他請冀朝鼎題署的中文書名作《中國科學技術史》，結果國內就通用後一書名。其實後一書名並不能完全反映書中的內容，因為李約瑟在他的研究中，雖以中國古代的科學技術為主要對象，但他確實能保持對中國古代整個文明的觀照，而這一點正是國內科技史研究的薄弱之處。關於這個書名，還有別的故事，說法各不相同。我們這裡關心的是取名背後的觀念——我們之所以歡迎這個狹義的書名，難道沒有想把可能涉及意識形態的含義「過濾」掉的潛意識嗎？

二、李約瑟與西方科學史家

對國內大部分公眾而言，多年來媒體反覆宣傳的結果，使他們形成了這樣一個概念：李約瑟是國際科學史界的代表人物。這個概念其實有很大偏差。

和現今充斥在大眾媒體中的往往片面和過甚其詞的描述相比，真正的持平之論出自李約瑟身邊最親近的人。魯桂珍的《李約瑟小傳》無疑是一本非常客觀、全面的作品，魯桂珍在其中坦言：

> 李約瑟並不是一位職業漢學家，也不是一位歷史學家。他不曾受過學校的漢語和科學史的正規教育。【二】

【一】參見江曉原：〈愛國主義教育不應成為科技史研究的目的〉，《大自然探索》，一九八六年第五卷第四期。

【二】《李約瑟博士及其〈中國科學技術史〉》中有節譯本，見其書頁七——八。

實際上他根本沒有正式聽課學過科學史，只是在埋頭實驗工作之餘，順便涉獵而已。【一】

正因為如此，在西方「正統」科學史家——從「科學史之父」喬治．薩頓（George Sarton）一脈承傳——中的某些人看來，李約瑟不是「科班出身」，而是「半路出家」的，還不能算是他們「圈子」中人，只能算是「票友」，至多只是「名票」而已。所以在西方科學史界，對李約瑟不那麼尊敬的也大有人在。現任李約瑟研究所所長何丙郁（Ho Peng Yoke）舉過這樣一個例子：

普林斯頓大學著名的科學史教授Charles Gillespie，是李約瑟的學術敵人，他說：「我不懂中文，也不懂中國史，也不是科學家，可是我知道，凡是用馬克思主義作為研究的出發點的書，其結論都是不可靠的。李約瑟是以馬克思主義作為出發點，所以他的論點也不可靠，我不必看他的書了。」【二】

這樣的事例通常也是中國人所不樂意看到的。

另一個突出的例子是美國的席文（Nathan Sivin）。席文很長時間以來就是「李約瑟過時論」的積極鼓吹者。例如，一九九九年八月在新加坡開第九屆國際東亞科學史會議，休息時我和他閒聊，他又提起這一話頭，說是「你們現在再讀李約瑟的書已經沒有意思了，李約瑟的書早已過時了」。當我委婉地告訴他，中國同行都認為他的文章很難讀懂——即使翻譯成了中文仍然如此，他似乎頗感意外，但接著就說：「至少不會比李約瑟的書更難懂吧？」我說我們的感覺恰恰相反。他沉吟了一會兒，斷然說道：「那一定是翻譯的問題！」——其自信有如此者。

李約瑟又有《中國古代科學》一書，由五篇演講稿組成，這些演講是一九七九年李約瑟在香港中文大學新亞書院舉辦的第二屆「錢賓四先生學術文化講座」上作的。上來第一篇《導論》，自述他投身中國科學技術史研究之緣起及有關情況，這些緣起一般讀物中已經很常見（近年還有人特別強調其中遇見魯桂珍這一幕）。但在這篇《導論》中，有「先驅者的孤獨」一節，備述他受到的種種冷遇——而且就在他一生工作的劍橋大學！欲知其

【一】張孟聞編：《李約瑟博士及其〈中國科學技術史〉》，頁一五。

【二】〔馬〕何丙郁：〈從李約瑟說起〉，《性與命》，一九九五年第一期，頁一三四——一三八。

感慨之深，怨語之妙，不能不抄兩段原文：

東方研究院從未打算與我們多加往來，我以為主要原因在於通常這些院系成員多為人文學家、語文學家和語言學家。以往這些專家沒有時間瞭解科學技術與醫藥方面的知識，**而從今天開始他們又嫌太遲了**。【一】

更有甚者，同樣**一堵牆**也把我們拒於**科學史系**門牆之外，這一現象何其怪異啊！這是因為通常而言，他們的主要興趣在於歐洲文藝復興之後的科學發展，部分原因在於他們對其他語種不得其門而入。……歐洲以外的科學發展是他們最不願意聽到的。【二】

當然，「國風好色而不淫，小雅怨誹而不亂」，若李約瑟者，亦庶能近之，所以他最後只是說道：「然而這個時代已經賦予我們很高的榮譽了，又何必埋怨太多呢？」聊自寬解而已，保持著君子風度。值得注意的是，李約瑟的上述演講作於一九七九年，距他獲得薩頓獎（一九六八年）也已經有十一年之久了。有人喜歡拿李約瑟獲得薩頓獎，和他七十壽辰時有西方科學史界的頭面人物為之祝壽，來證明李約瑟是被西方科學史界普遍接受的，【三】那為什麼在按理說是這種被普遍接受的象徵性事件發生了十一年和九年之後（「然而這個時代已經賦予我們很高的榮譽了」應該包括獲得薩頓獎這件事），李約瑟還要說上面這段話呢？「更有甚者，同樣一堵牆也把我們拒於科學史系門牆之外，這一現象何其怪異啊！」這樣的話語，難道不是李約瑟自己仍然感到沒有被西方科學史界普遍接受的有力證明嗎？

在西方，對中國古代文明史、科學史感興趣的人，以研究中國古代文明史、科學史為職業的人，都還有許多。姑以研究中國科學史著稱的學者為限，就可以列舉出何丙郁、席文、日本的藪內清（最近已歸道山）、山田慶兒等十餘人。至於研究其他各種文明史、科學史的西方學者，那就不勝枚舉了。國際科學史與科學哲學聯合會開起年會來，與會者常數百人，儘管其中也會有不少「票友」，但人數之多，仍不難想見。

【一】〔英〕李約瑟著、李彥譯：《中國古代科學》（上海：上海書店出版社，二〇〇一年），頁一一。

【二】〔英〕李約瑟著、李彥譯：《中國古代科學》，頁一一。

【三】劉鈍等編：《中國科學與科學革命》（瀋陽：遼寧教育出版社，二〇〇二年），頁二四。

三、《中國科學技術史》是集體的貢獻

《中國科學技術史》（我們如今也只好按約定俗成的原則，繼續沿用此名）按計劃共有七卷。前三卷皆只一冊，從第四卷起出現分冊。劍橋大學出版社自一九五四年出版第一卷起，迄今已出齊前四卷，以及第五卷的九個分冊、第六卷的三個分冊和第七卷的一個分冊。由於寫作計劃在進行中不斷擴大，分冊繁多，完稿時間不斷被推遲，李約瑟終於未能看到全書出齊的盛況。

翻譯李約瑟《中國科學技術史》的工作，一直在國內受到特殊的重視。在「文革」後期，曾由科學出版社出版了原著的少數幾卷，並另行分為七冊，不與原著對應。不過在「文革」中這已算罕見的「殊榮」了。到八十年代末，重新翻譯此書的工作隆重展開，專門成立了「李約瑟《中國科學技術史》翻譯出版委員會」，盧嘉錫為主任，大批學術名流擔任委員，並有專職人員組成的辦公室長期辦公。所譯之書由科學出版社與上海古籍出版社聯合出版，十六開精裝，遠非「文革」中的平裝小本可比了。新譯本第一批已出版第一、第二兩卷，以及第四卷和第五卷各一個分冊。

下面是現任李約瑟《中國科學技術史》翻譯出版委員會辦公室主任胡維佳提供的各卷

書目（有☆者已出版英文版，有★者已出版中文版）：【一】

★第一卷　導論

李約瑟著，王鈴協助；一九五四年

★第二卷　科學思想史

李約瑟著，王鈴協助；一九五六年

☆第三卷　數學、天學和地學

李約瑟著，王鈴協助；一九五九年

第四卷　物理學及相關技術

☆第一分冊　物理學

李約瑟著，王鈴協助，羅賓遜（K. G. Robinson）部分特別貢獻；一九六二年

★第二分冊　機械工程

李約瑟著，王鈴協助；一九六五年

☆第三分冊　土木工程和航海（包括水利工程）

【一】本文最初發表於二〇〇一年，此後當然又有若干分冊已經出版。

李約瑟著，王鈴、魯桂珍協作；一九七一年

第五卷　化學及相關技術

★第一分冊　紙和印刷

錢存訓著；一九八五年

☆第二分冊　煉丹術的發現和發明：點金術和長生術

李約瑟著，魯桂珍協作；一九七四年

☆第三分冊　煉丹術的發現和發明（續）：從長生不老藥到合成胰島素的歷史考察

李約瑟著，何丙郁、魯桂珍協作；一九七六年

☆第四分冊　煉丹術的發現和發明（續）：器具、理論和中外比較

李約瑟著，魯桂珍協作，席文部分貢獻；一九七八年

☆第五分冊　煉丹術的發現和發明（續）：內丹

李約瑟著，魯桂珍協作；一九八三年

☆第六分冊　軍事技術：投射器和攻守城技術

葉山（Robin D. S. Yates）著，石施道（K. Gawlikowski）、麥克尤恩（E. McEwen）和王鈴協作；一九九五年

☆第七分冊　火藥的史詩
李約瑟著，何丙郁、魯桂珍、王鈴協作；一九八七年
第八分冊　軍事技術：射擊武器和騎兵
☆第九分冊　紡織技術：紡紗
庫恩（Dieter Kuhn）著；一九八七年
第十分冊　紡織技術：織布和織機
第十一分冊　非鐵金屬冶煉術
第十二分冊　冶鐵和採礦
☆第十三分冊　採礦
Peter J. Golas 著；一九九九年
第十四分冊　鹽業、墨、漆、顏料、染料和膠黏劑

第六卷　生物學及相關技術

☆第一分冊　植物學
李約瑟著，魯桂珍協作，黃興宗部分特別貢獻；一九八六年
☆第二分冊　農業

白馥蘭（Francesca Bray）著，一九八八年
☆第三分冊　畜牧業、漁業、農產品加工和林業
丹尼爾斯（C. A. Daniels）和孟席斯（N. K. Menzies）著；一九九六年
第四分冊　園藝和植物技術（植物學續編）
第五分冊　動物學
第六分冊　營養學和發酵技術
第七至十分冊　解剖學、生理學、醫學和藥學

第七卷　社會背景

第一分冊　初步的思考
第二分冊　經濟結構
☆第三分冊　語言與邏輯（現已調整為第一分冊）
哈布斯邁耶（C. Harbsmeier）著；一九九八年
第四分冊　政治制度與思想體系、總的結論

李約瑟固然學識淵博，用力又勤，但如此廣泛的主題，終究不是他一人之力所能包辦。事實上，《中國科學技術史》全書的撰寫，得到大批學者的協助。其中最主要的協助

者是王鈴和魯桂珍二人，此外除了上列各冊中已經標明的協作者之外，據已公佈的名單，至少還有R. 堪內斯、羅祥朋、漢那—利胥太、柯靈娜、Y. 羅賓、K. 提太、錢崇訓、李廉生、朱濟仁、佛蘭林、郭籟士、梅太黎、歐翰思、黃簡裕、鮑迪克、祁米留斯基、勃魯、卜正民、麥岱慕等人。

何丙郁曾表示：假如沒有魯桂珍，就不會有李約瑟，而只有一個在生物化學領域的Joseph Needham。這個說法也得到魯桂珍的認同，「魯桂珍很欣賞這句話。她還念給李老聽，博得一個會心微笑」【一】。

何丙郁還有一個非常值得重視的看法：

> 長期以來，李老都是靠他的合作者們翻閱《二十五史》、類書、方誌等文獻搜尋有關資料，或把資料譯成英文，或替他起稿，或代他處理別人向他請教的學術問題。他的合作者中有些是完全義務勞動。請諸位先生千萬不要誤會我是利用這個機會向大家訴苦，或替自己做些宣傳。我只是請大家正視一件事情：那就是請大家認清楚李老

【一】〔馬〕何丙郁：〈李約瑟的成功與他的特殊機緣〉，《中華讀書報》，二〇〇〇年八月九日。

的合作者之中大部分都是華裔學者，沒有他們的合作，也不會有李老的中國科技史巨著。李老在他巨著的序言中也承認這點。【一】說李約瑟的《中國科學技術史》是集體的貢獻，並不是僅能從有許多華裔科學家協助他這一方面上來立論，還有另一方面。何丙郁說：

> 我還要提及另一個常被忘記的事情，那就是李老長期獲得中國政府以及海內外華人精神上和經濟上的大力支持，連他晚年生活的一部分經費都是來自一位中國朋友。換句話來說，我們要正視中華民族給李約瑟的幫助，沒有中華民族的支持，也不會有李約瑟的巨著。假如他還在世，我相信他也不會否認這個事實。從一定程度上來講，《中國科學技術史》可以說是中華民族努力的成果。【二】

這樣大膽坦誠的說法，也只有外國人何丙郁敢說。

劍橋大學出版社和李氏生前考慮到公眾很難去閱讀上述巨著，遂又請科林·羅南（Colin A. Ronan）將李氏巨著改編成一種簡編本，以便公眾閱讀。書名《中華科學文明史》（*The Shorter Science & Civilisation in China*），篇幅僅李氏原著十幾分之一，共分六卷，從一九七八年起陸續出版，至今已出五卷。此六卷簡編本的中文版權，已由上海人民出版社一併購得，並由上海交通大學科學史系負責翻譯。前三卷已於二〇〇〇年年底問世。二〇〇一年正值李氏百歲誕辰，這部《中華科學文明史》中譯本的出版，成為對李氏數十年辛勤工作和他對中華文明之深厚感情的紀念，而廣大公眾也藉此可較為全面地直接瞭解李氏的成果。

四、《中國科學技術史》所受到的批評

真正全部通讀《中國科學技術史》已出各冊的人，在這個世界上迄今很少，今後也絕不會太多——它的卷帙對於終日忙碌的紅塵過客來說實在過於浩繁。就總體而言，它首先是一個不可逾越的巨大存在——迄今為止還沒有任何別的著作，在全面研究中國古代科學

【一】〔馬〕何丙郁：〈李約瑟的成功與他的特殊機緣〉。

【二】〔馬〕何丙郁：〈李約瑟的成功與他的特殊機緣〉。

技術發展及與整個文明的關係方面，達到如此的規模、深度和水準。自從該書問世之後，任何一個研究中國歷史文化或需要深究中國國情的人，如果不閱讀這本書——至少是有密切關係的卷冊章節，那就在他的知識背景中留下了不應有的空缺，因為沒有任何別的著作能在這方面替代它。

對於李約瑟研究中國科學技術史的工作本身，海內外許多學者曾指出其中的各種錯誤，這些錯誤絲毫不能否定李約瑟的巨大成就，這一點是沒有疑問的。人非聖賢，孰能無過？何況是《中國科學技術史》這樣浩大的學術工程？要不出任何失誤是不可能的。李約瑟的研究和結論，當然也不可能沒有失誤。書中的具體失誤，各方面的專家已經指出不少，這裡無須縷陳，僅略舉一二例稍言之。

比如，李約瑟與魯桂珍認為中國古代利用人尿煉製的藥物「秋石」中含有性激素，這就將人類發現和使用性激素的歷史提前了一千年左右。他們的這一結論一度在西方學術界引起相當的轟動，但是近年大陸和台灣學者的考證和實驗研究表明，「秋石」中其實並無性激素。【一】

這只是具體失誤的例子；就全書整體言之，出於對中國傳統文明的熱愛和迷戀，李約瑟似乎在不少問題上有對中國古代成就過分拔高的傾向。這種傾向在李約瑟本人身上尚不足為大病，但「城中好高髻，四方高一尺」，近年坦普爾著書談中國的「一百個世界第一」，其中頗多穿鑿附會之處，尤為推波助瀾。影響所及，就不免造成國內一些論著在談論祖先成就時夜郎自大的虛驕之氣。

李約瑟的這些錯誤，我認為可能有深層原因。

一方面是他本人對中國文化異乎尋常的熱愛。李約瑟和中國文化本來並無淵源，此淵源起於他和魯桂珍的相遇——有不少學者還注意到當時魯桂珍年輕貌美，此後他的思想和興趣發生了巨大轉變，他在《李約瑟文集》中文本序言中自述云：

後來我發生了信仰上的皈依（conversion），我深思熟慮地用了這個詞，因為頗有點像聖保羅在去大馬士革的路上發生的皈依那樣。……命運使我以一種特殊的方式皈依到中國文化價值和中國文明這方面來。【二】

【一】孫毅霖：〈秋石方模擬實驗及其研究〉，《自然科學史研究》，一九八八年第七卷第二期。

【二】潘吉星主編：《李約瑟文集》（瀋陽：遼寧科學技術出版社，一九八六年），頁一。順便指出，本書的譯文存在不少錯誤，參見譚奇文：〈不能容忍的錯誤——請看一些「名譯」的質量〉，《光明日報》，一九八七年十二月十日。

按李約瑟自己的說法，這「皈依」發生於一九三九年前後。

但他對中國文明的熱愛既已成為某種宗教式的熱情，到時候難免會對研究態度的客觀性有所影響。李約瑟的不少失誤，都有一個共同的來源，那就是他對中國道教及道家學說的過分熱愛——熱愛到了妨礙他進行客觀研究的地步。而他在給坦普爾《中國：發明與發現的國度》一書的英文版序言中竟說：

> 對於這樣一項任務（按指編寫《中國科學技術史》），非常重要的不在於知之甚多，而在於對中國人民及其自古以來的成就懷有滿腔熱情。【一】

熱情的重要性超過了知識本身，若僅就治學而論，後果曷堪設想？

另一方面，還可以參考台灣學者的意見。如前所述，李約瑟雖然在生物化學方面早有成就，但他並未受過科學史學科的專業訓練，也未受過科學哲學的專業訓練，因此朱浤源指出，未能「把什麼叫科學加以定義」是李約瑟的一大困境，也就不奇怪了。朱浤源說：

> 我們翻開開宗明義的第一冊《導論》，發現李氏竟然未將「科學」加以定義。或

許研究生化胚胎學，不需要對「科學」加以定義，因為生化已在科學之內。但要探究中國古代為期兩千年的所有科學的時候，什麼是「科學」就變得十分要緊，以作為全套研究以及所有參與者思索研究架構以及選取材料的準繩。從第一冊看到所謂 plan of the work，介紹了中文如何英譯、參考資料如何引用、縮寫的方法為何、參考書目的製作。此外，就無有關定義、研究假設、研究途徑、研究方法以及研究技術的說明。……由於沒有定義，哪一些學門、哪一些分科、哪一些材料應該納入，哪一些不應該納入，就沒有客觀的標準，從事抉擇的時候，較難劃定統一的範圍。在這種情況下，整個研究計劃就不是由研究人員所單獨左右，材料本身也可以反過來左右研究計劃；一旦材料越來越多，定義又付闕如，研究人員必須被材料所左右，使工程越做越大。【二】

【一】〔美〕R. K. G. 坦普爾著、陳養正等譯：《中國：發明與發現的國度》，頁六。

【二】朱浤源：〈李約瑟的成就與困境〉，載王錢國忠編：《李約瑟文獻五十年》（貴陽：貴州人民出版社，一九九九年）。

根據上文所列書目，「使工程越做越大」的後果已經有目共睹。而實際上，李約瑟有時拔高古代中國人的成就，也和不對科學加以界定有關係。

五、李約瑟的「道教情結」

李約瑟的「道教情結」是他的中國科學技術史框架中極為重要的特色，值得作深入研討，限於篇幅，此處僅提供初步線索。

先看何丙郁在一九九五年所敘述的一個場景：

今年八月時，劍橋大學李約瑟研究所舉辦為期兩天的討論會，主題是「道家是否對中國科技的貢獻最大」，邀請歐洲各國有名的漢學家與會，他們舉出中國歷史上很多非道家人士，如漢代張衡、唐代一行和尚等科學家，在數學、天文等基礎科學方面的貢獻遠多於道家，除了煉丹術的研究是道家貢獻最大。在場學者，包括旁聽的研究生，沒有一個人同意李約瑟的觀點，而李約瑟自始至終沒說半句話。【二】

當時何丙郁只好出來打圓場，説同意或反對李約瑟觀點的都不算錯，關鍵看對「道」如何理解云云。可知李約瑟在這個問題上的觀點未被西方學者廣泛接受。

李約瑟自號「十宿道人」、「勝冗子」，足見他對中國道教學説之傾心。而道教學説是中國古代對性問題涉及最多、最直接的學説。對於道教的房中術及有關問題，李約瑟長期保持著濃厚興趣。可能是由於國人對性問題的忌諱（儘管這種忌諱如今已越來越少），不願意將李約瑟這位「中國人民的偉大朋友」與性這種事情聯繫起來，所以李約瑟在這方面的論述一直不太為國內瞭解和注意。

早在二十世紀五十年代，李約瑟在撰寫《中國科學技術史》第二卷時，見到高羅佩贈送給劍橋大學圖書館的自著《秘戲圖考》，[二] 他不同意高氏將道教「採陰補陽」之術稱為「性榨取」，遂與高氏通信交換意見。李約瑟後來在《中國科學技術史》中述此事云：

【一】〔馬〕何丙郁：〈從李約瑟説起〉。

【二】R. H. van Gulik 所著 *Erotic Colour Prints of the Ming Period*（一九五一年）由作者於東京私人印刷五十部，分贈世界各大圖書館、博物館及研究單位。一九九二年廣東人民出版社出版了楊權的中譯本（即《秘戲圖考》），其中所有的春宮圖都已刪去。

我認為高羅佩在他的書中對道家的理論與實踐的估計，總的來說否定過多；……現在高羅佩和我兩人經過私人通信對這個問題已經取得一致意見。【一】

高氏似乎接受了李約瑟的意見，他在下一部著作《中國古代房內考》序言的一條腳注中稱：「《秘戲圖考》一書中所有關於『道家性榨取』和『妖術』的引文均應取消。」【二】不過在正文中高氏對李約瑟的意見仍有很大程度的保留。

二十年後，李約瑟又談到高羅佩，以及他與高氏當年的交往，對高氏有很高的評價：

除了可敬的亨利·馬伯樂（H. Maspero）之外，本學科（按指「中國傳統性學研究」）最偉大的學者之一是高羅佩。一九四二年的戰爭期間我第一次見到他。作為荷蘭的臨時代辦他正準備離開重慶，而我正去就任英國大使館科學參贊的職位。後來，如果我記得不錯的話，在他和水世芳小姐的婚禮上，我們交談過一次。……戰後，我沉迷於道教和長壽術的研究，和他有過一段很長的通信聯繫。我使他相信，用道家的觀點來敍述和規範性技巧沒有任何異常和病理問題，這同他源自深厚的文學素養的信念相一致。【三】

水世芳是高羅佩所娶的中國妻子——令浸潤中國傳統文化甚深的高氏十分傾心的一位大家閨秀。

李約瑟說自己「沉迷於道教和長壽術的研究」，這毫不誇張。他熱心收集房中術書籍，為在北京琉璃廠「一位出名女老闆」那裡買到了葉德輝編的《雙梅景闇叢書》而欣喜不已，他稱此書為「偉大的中國性學著作」。【四】他的《中國科學技術史》第二卷中關於房中術的章節，主要就是在葉德輝此書所提供的古代文獻和高羅佩研究成果的基礎上寫成。

李約瑟在書中討論了「採陰補陽」、「還精補腦」、「中氣真術」等房中學說。他對這些學說持相當欣賞的態度，認為它們「具有很大的生理學意義」。在談到《素女經》、《玄女經》、《玉房秘訣》、《洞玄子》、《玉房指要》等古籍以及其中的各種告誡時，李約瑟說：

【一】〔英〕李約瑟：《中國科學技術史．第二卷》（北京．上海：科學出版社．上海古籍出版社，一九九〇年），頁一六一。

【二】〔荷〕高羅佩著、李零譯：《中國古代房內考》（*Sexual Life in Ancient China*）（上海：上海人民出版社，一九九〇年），頁一一。

【三】〔瑞典〕張仲瀾（Joland Chang）著、王正華等譯：《陰陽之道——古代中國人尋求激情的方式》（*The Tao of Love and Sex*）（台北：風雲時代出版股份有限公司，一九九四年），李約瑟序，頁一。

【四】〔英〕李約瑟：《中國科學技術史．第二卷》，頁一。

在成都有一位深研道教的人給我的回答使我難以忘懷；當我問他有多少人照此教誡行事時，他說：「四川的士紳淑女或許有半數以上是這樣做的。」【一】

他還從另外一些角度對道家的房中術大加讚賞：

承認婦女在事物體系中的重要性，接受婦女與男人的平等地位，深信獲得健康和長壽需要兩性的合作，慎重地讚賞女性的某些心理特徵，把性的肉體表現納入神聖的群體進化——這一切既擺脫了禁慾主義，也擺脫了階級區分：所有這些向我們再一次顯示了道家的某些方面是儒家和通常的佛教所無法比擬的。【二】

儘管大部分房中術學說其實明顯是男性中心主義的。

在完成《中國科學技術史》第二卷之後，李約瑟繼續對性學史保持著濃厚興趣，不久「再度投身於這一論題的研究」。他密切注意著這方面新的研究成果，一九七二年，當華裔瑞典人張仲瀾《陰陽之道——古代中國人尋求激情的方式》一書出版時，他對之大加讚賞，熱情向讀者推薦：

更光亮的明星出現在這片領域，他就是我們來自斯德哥爾摩的朋友張仲瀾。我把他論中國人，乃至整個人類的性學著作推薦給不帶偏見的讀者。由於訓練有素，他找到了獨特的語彙用以解釋現代社會男女以及中國文化在心靈、愛和性方面所顯露的智慧。【三】

張氏的書主要是根據古代房中術文獻，結合現代社會情形討論性技巧，其中還包括許多他對自己性生活經歷的現身說法。

中國古代房中術理論的主旨，不僅僅是幫助人們享受性愛，更重要的是認為房中術是一種健身、養生之術，甚至是一種長生（長生不老）之術。道教中的其他許多方術，如導引、行氣、服食、辟穀等等，都有類似的主旨，以享受人生、長生可致為號召。對於這一點，李約瑟至少在相當程度上是相信的！他說：

【一】〔英〕李約瑟：《中國科學技術史．第二卷》，頁一六二。

【二】〔英〕李約瑟：《中國科學技術史．第二卷》，頁一六五。

【三】〔瑞典〕張仲瀾著、王正華等譯：《陰陽之道——古代中國人尋求激情的方式》，頁二。

因為中國煉丹術最重要的內丹部分和性技巧密切相關，就像我們所相信的，它能使人延年益壽，甚至長生不老。【一】

道教學說特別使他迷戀，因此他腦海中有時浮現出「長生不老」之類的信念，似乎也就不足為怪了。如果有人因此而將他引為近年某些招搖撞騙、別有用心的偽科學宣傳的護法，則又是對李氏的大不敬了。但是李約瑟確實一生傾慕道家和道教，他堅信：

道家有不少東西可以向世界傳授，儘管作為一種有組織的宗教，道教今天已經垂死或已死亡，但或許未來是屬他們的哲學的。【二】

李約瑟也許正是抱著這樣的美好信念走完他的人生歷程的。

六、我們誤讀了李約瑟的學術意義

我們的誤讀包括兩個層面：

第一，對李約瑟的研究成果和結論進行篩選，只引用合於己意的，而拒絕不合己意的，甚至歪曲後引用。這種誤讀大多是有意的。

第二，也是更為嚴重的，是從整體上誤讀了李約瑟後半生工作的學術意義。這種誤讀則在很大程度上是無意的。

先談第一個層面：

李約瑟的巨著雖然得到中國學者普遍的讚揚，但並不是書中所有特色都為中國學者所熱烈歡迎。這些特色中至少有兩個方面多年來一直受到冷遇。

在一般讀者，往往一說起中國科技史研究就想到李約瑟。而事實上，西方學者對中國古代科技史的研究，早在二三百年前就已開始。這方面的研究濫觴於清代來華傳教的耶穌

【一】〔英〕李約瑟：《中國科學技術史·第二卷》，頁一——二。
【二】〔英〕李約瑟：《中國科學技術史·第二卷》，頁一六六。

會士，比如宋君榮（A. Gaubil）對中國天文學史的論述。後來則由一代又一代的漢學家們逐漸光大，形成傳統，至今仍很興旺。自從二十世紀初國人自己開始進行具有現代學術形態的中國科技史研究之後，礙於文字隔閡和民族情緒，對西方漢學家的研究成果極少接觸和引用。而李約瑟作為一個西方研究者，很自然地大量介紹和引用了西方漢學家研究探討中國古代科學文化史的成果。可惜這一點至今仍然很少被國內學者所注意。

李約瑟身為西方人，又在西方研究中國科技史，與國內研究者相比有一項優勢，即他的眼界可寬廣得多。因此他的論述中，經常能夠浮現出世界科學技術發展的大背景，這就避免了一些國內研究者「只見樹木，不見森林」之病。在此基礎上，李約瑟經常探討和論證中國古代科學技術與異域相互交流影響的可能性，這樣一來，不免在他筆下出現一些「西來說」。

比如，他認為中國古代天文學可能受到巴比倫天文學的很大影響。對於二十八宿體系，他持巴比倫起源說甚力，茲略舉其論述為例：

> 所謂「二十八宿」，即位於赤道或其近處的星座所構成的環帶，是中國人、印度人和阿拉伯人的天文學所共有的。一些對這幾種文化的古籍很少瞭解或毫不瞭解的著

作家們，採取各執己見的態度，經常作出武斷的論述。我們以後將指出，二十八宿的發源地可能不是這幾個地方中的任何一個，它們關於二十八宿的概念統統是從巴比倫傳去而衍生的。【一】

奧爾登貝格（Oldenberg）在一篇重要論文中提出一種說法，他認為巴比倫有一種原始型「白道」（lunar zodiac）為亞洲各民族所普遍接受，這三種體系（按指中國、印度和阿拉伯的二十八宿體系）都是從這種白道發展起來的。【二】

這類交流、影響和「西來」之說，都為國內許多學者所不喜愛——他們通常隻字不提李約瑟這方面的觀點，既不採納引用，也不批評反駁，只當李約瑟根本就沒說過。有的人士則只挑選對自己有利的結論加以引用，有少數學者——其中包括非常著名的——甚至嚴重

【一】〔英〕李約瑟：《中國科學技術史．第四卷》（北京：科學出版社，一九七五年），頁七—八。
【二】〔英〕李約瑟：《中國科學技術史．第四卷》，頁一九〇。

歪曲李約瑟的觀點來證成己說。【二】

再談第二個層面：

許多人想當然地認為，李約瑟的意義就是研究中國科學史，或者是研究科學史。有些人在向國內科學史家奉贈廉價桂冠時，往往期許某某人是「中國的李約瑟」。這種廉價桂冠背後的觀念，其實大謬不然！

李約瑟的《中國科學技術史》中有寬廣的視野，可以毫不誇張地說，迄今為止，中國自己的學者專家中，還沒有人展示過如此寬廣的視野。李約瑟著作中展現出東西方文明廣闊的歷史背景，而東西方科學與文化的交流及比較則是貫穿全書的一條主線。

李約瑟的巨著確實主要是研究中國科學史，為此他受到中國人的熱烈歡迎，然而他帶給中國人民、帶給中國學術界最寶貴的禮物，反而常常被國人所忽視。我們希望從李約瑟那裡得到一本我們祖先的「光榮簿」，而李約瑟送給我們的禮物，卻是用他的著作架設起來的一座橋樑——溝通中國和西方文化的橋樑。

因此，如果中國要出一個「中國的李約瑟」的話，此人絕不應該是寫另一本《中國科學技術史》的人，此人只能是一個發下大願，要以畢生精力撰寫一部多卷本《歐洲的科學與文明》的中國人——當然不一定要在中年遇見一個年輕貌美的歐洲女性願意做他終身的親密伴侶。

李約瑟出生於一九〇〇年，三十七歲上就成了英國皇家學會會員，他在生物化學和胚胎學方面的成名著作《化學胚胎學》和《生物化學與形態發生》都在四十歲前問世。在科學前沿已經獲得很高地位之後，再轉而從科學技術史入手架設中西方文化橋樑，就比較容易獲得支持，這一點極為重要。在李約瑟向中國文化「皈依」的年代，以及此後很長的年代中，中國都沒有這樣的條件，正如何丙郁所說：

> 五十年代中國確有好幾位優秀科學家具備類似的潛質，科學上的成就也不比李老差。可是引述一句一位皇家學會院士對我說的話：院士到處都有，我從來沒有聽說李約瑟搞中國科技史是英國科學界的損失；可是在五十年代，要一位錢三強或曹天欽去搞中國科技史，恐怕是一件中國人絕對賠不起的買賣。【二】

【一】例如夏鼐，參見江曉原：《天學真原》，頁三〇八—三〇九。

【二】〔馬〕何丙郁：〈李約瑟的成功與他的特殊機緣〉。

就是在今天，這買賣我們恐怕仍然賠不起。何況在如今這個浮躁奔競的年代，要出這樣一個「中國的李約瑟」，我看至少還需要等待幾十年。

當然，就像科學和學術沒有國界一樣，溝通中西方科學文化的橋樑應該也沒有國界——既然李約瑟已經為世人架設了這樣一座橋樑，我們也就不一定要再去修建一座中國型號的橋樑。我們的當務之急，是在這座橋上行進。

所以，「中國的李約瑟」也可能永遠不會誕生了。

七、再談所謂「李約瑟難題」

最後，我們還需要再略談一談所謂的「李約瑟難題」，以及以此為中心的持久熱情。因為這也可以歸入誤讀的範疇之內。我必須直言不諱地說，所謂的「李約瑟難題」，實際上是一個偽問題。因為那種認為中國科學技術在很長時間裡「世界領先」的圖景，相當大程度上是中國人自己虛構出來的——事實上西方人走著另一條路，而在後面並沒有人跟著走的情況下，「領先」又如何定義呢？「領先」既無法定義，「李約瑟難題」的前提也就難以成立了。對一個偽問題傾注持久的熱情，是不是有點自作多情？

如果將問題轉換為「現代中國為何落後」，這倒不是一個偽問題了（因為如今全世界幾乎都在同一條路上走），但它顯然已經超出科學技術的範圍，也不是非要等到李約瑟才能問出來了。

當然，偽問題也可以有啟發意義，但這已經超出本文論述的範圍。

順便提一下，作為對「李約瑟難題」的回應之一，席文曾多次提出，十七世紀在中國，至少在中國天文學界，已經有過「不亞於哥白尼的革命」，這一說法也已經被指出是站不住腳的。【一】

原刊《自然辯證法通訊》二〇〇一年第二十三卷第一期

【一】江曉原：〈十七、十八世紀中國天文學的三個新特點〉，《自然辯證法通訊》，一九八八年第十卷第三期。

霍金的意義：上帝、外星人和世界的真實性

一、科學之神的晚年站隊

一個思想家，或者說一個被人們推許為、期望為思想家的人——後面這種情形通常出現在名人身上，到了晚年，往往會有將自己對某些重大問題的思考結果宣示世人、為世人留下精神遺產的衝動。即使他們自己沒有將這些思考看成精神遺產，他們身邊的人也往往會以促使「大師」留下精神遺產為己任，鼓勵乃至策劃他們宣示某些思考結果。史蒂芬·霍金（Stephen Hawking，一九四二——二〇一八年）就是一個最近的例子。

霍金最近發表了——也可能是他授權發表，甚至可能是「被發表」——相當多有點聳人聽聞的言論，引起了媒體的極大興趣。而媒體的興趣當然就會接著引發公眾的興趣。要恰當評論他的這些言論，需要注意到某些相關背景。

最重要的一個背景是：霍金已經成為當代社會的一個神話。所以任何以他的名義對外界發表的隻言片語，不管是真知灼見，還是老生常談，都會被媒體披露和報道，並吸引公眾相當程度的注意力。而當霍金談論的某些事物不是公眾日常熟悉的事物時，很多人懾於霍金神話般的大名，就會將他的哪怕只是老生常談也誤認為是全新的真知灼見。

霍金最近言論中有三個要點：一是關於宇宙是不是上帝創造的，二是關於我們要不要主動和外星文明交往，三是一個不太受關注卻更為重要的「依賴模型的實在論」觀點，恰好都屬於這種情形，而且有可能進而產生某些真實的社會影響。

二、上帝不再是必要的

以前霍金明顯是接受上帝存在的觀點的。例如在他出版於一九八八年的超級暢銷書《時間簡史》中，霍金曾用這句話作為結尾：「如果我們發現一個完全理論，它將會是人類理性的終極勝利——因為那時我們才會明白上帝的想法。」【一】

但霍金現在在這個問題上改變了立場。最近他在新作《大設計》一書末尾宣稱：因為存在像引力這樣的法則，所以宇宙能夠「無中生有」，自發生成可以解釋宇宙為什麼存在，我們為什麼存在，「不必祈求上帝去點燃導火索使宇宙運行」。【二】也就是說，上帝現在不再是必要的了。

【一】S. Hawking. *A Brief History of Time.* New York: Bantam Books. 1998. 191.
【二】S. Hawking, L. Mlodinow. *Grand Design.* New York: Bantam Books. 2010. 98-99.

科學家認為不需要上帝來創造宇宙，這聽起來當然很「唯物主義」；但是確實有許多科學家相信上帝的存在，相信上帝創造了宇宙或推動了宇宙的運行，他們也同樣作出了偉大的科學貢獻——牛頓就是典型的例子。「上帝去點燃導火索使宇宙運行」其實就是以前牛頓所說的「第一推動」。

這種狀況對於大部分西方科學家來說，並不會造成困擾。因為在具體的科學研究過程中，科學家研究的對象是已經存在著的宇宙（自然界），以研究其中的現象和規律。至於「宇宙從何而來」這個問題，可以被擱置在無限遠處。正如伽利略認識到「宇宙這部大書是用數學語言寫成的」，但寫這書的仍然可以是上帝；伽利略作出了偉大的科學發現，但他本人仍然是一個虔誠的宗教徒，他的兩個女兒都當了修女。雖然教會冤枉過伽利略，但最終也給他平反昭雪了。

科學和宗教之間，其實遠不像我們以前所想像的那樣水火不相容，有時它們的關係還相當融洽。比如在「黑暗的中世紀」（現代的研究表明實際上也沒有那麼黑暗），教會保存和傳播了西方文明中古代希臘科學的火種。在現代西方社會中，一個科學家一週五天在實驗室從事科學研究，到星期天去教堂做禮拜，也是很正常的。

霍金自己改變觀點，對於霍金本人來說當然是新鮮的事情，但對於「宇宙是不是上帝創造的」這個問題來說，其實是老生常談。因為他的前後兩種觀點，都是別人早就反覆陳述和討論過的。霍金本人在《大設計》中也沒有否認這一點，在該書第二章中，霍金花去了不小的篇幅回顧先賢們在這一問題上表達的不同看法。比如書中提到，開普勒、伽利略、笛卡爾（Rene Descartes）和牛頓等人就認為自然法則是上帝的成果。而與這種觀點相反的是，後來的法國數學家拉普拉斯（Pierre-Simon Laplace）則排除了出現奇跡和上帝發揮作用的可能性，他認為給定宇宙在某一時間所處的狀態，一套完全的自然法則就充分決定了它的未來和過去。霍金選擇站在了後者一邊，他說，拉普拉斯所陳述的科學決定論（scientific determinism）是「所有現代科學的基礎，也是貫穿本書的一個重要原則」。【一】

但是霍金拋棄上帝，認為宇宙起源可以用一種超弦理論（即所謂M理論）來解釋的想法，激起了西方一些著名學者的批評。例如，高能物理學家羅塞爾·斯丹德（Russell Stannard）在《觀察家報》上說：霍金的上述思想是一個科學主義的典型例子。科學主義者通常認為，科學是通往認知的惟一途徑，我們將完全理解所有事情，「這種說法是胡說八道，而且我認為這是一個非常危險的說法，這使得科學家變得極其傲慢。宇宙因為M

【一】S. Hawking, L. Mlodinow. *Grand Design*. 17-20.

理論而自發生成，那麼M理論又是從哪裡來的呢？為什麼這些智慧的物理定律會存在？」而英國前皇家學院院長、牛津大學林肯學院藥理學教授格瑞菲爾德（Lady Greenfield）也批評霍金沾沾自喜，宣稱科學可以得到所有答案，「科學總是容易自滿。……我們需要保持科學的好奇心與開放性，而不是自滿與傲慢。」她還批評說：「如果年輕人認為他們想要成為科學家，必須是一個無神論者，這將是非常恥辱的事情。很多科學家都是基督教徒。」【一】

不過中國公眾在多年習慣的觀念中，總是將科學看作康莊大道，而將宗教信仰視為「泥潭」，所以看到霍金的「叛變」才格外興奮，以為他終於「改邪歸正」了。霍金只是改變了他的選擇——有點像原來是甲球隊的擁躉，現在改為當乙球隊的粉絲了。當然，一個著名粉絲的「叛變」也確實會引人注目。

三、不要主動和外星文明交往

在第二個問題上，二〇〇九年五月份，霍金在發現頻道（Discovery Channel）上一檔以他本人名字命名的《史蒂芬·霍金的宇宙》（*Stephen Hawking's Universe*）的節目中表示，他認為幾乎可以肯定，外星生命存在於宇宙中許多別的地方：不僅僅只是行星上，也可能在恆星的中央，甚至是星際太空的漂浮物質上。按照霍金給出的邏輯——這一邏輯其實也是老生常談，宇宙有一千億個銀河系，每個星系都包含幾千萬顆星體。在如此大的空間中，地球不可能是惟一進化出生命的行星。

當然，這樣的情景只是純粹假想的結果，但霍金由此提出一個嚴肅的告誡：一些生命形式可能是有智慧的，並且還具有威脅性，和這樣的物種接觸可能會為人類帶來災難性的後果。霍金說，參照我們人類自己就會發現，智慧生命有可能會發展成我們不願意遇見的階段，「我想像他們已經耗光了他們母星上的資源，可能棲居在一艘巨型太空飛船上。這樣先進的外星文明可能已經變成宇宙遊民，正在伺機征服和殖民他們到達的行星。」【二】

由於中國公眾以前許多年來都只接觸到一邊倒的觀點——謳歌和讚美對外星文明的探索，主張積極尋找外星文明並與外星文明聯絡，所以現在聽到霍金的主張，中國的媒體和

【一】〈霍金 VS 上帝：誰通往終極真理？〉，《環球》雜誌，二〇一〇年十月十六日第二十期，頁六六—七〇。

【二】J. Leake. "Don't talk to aliens, warns Stephen Hawking". *The Sunday Times*. 2010-04-25[2010-12-7]. http://www.timesonline.co.uk/tol/news/science/space/article7107207.ece.

公眾都甚感驚奇。其實在這個問題上，霍金同樣只是老生常談，同樣只是「粉絲站隊」。

在西方，關於人類要不要去「招惹」外星文明的爭論，已有半個世紀以上的歷史。主張與外星文明接觸的科學界人士，從二十世紀六十年代開始，推動了一系列SETI（以無線電搜尋地外文明信息）計劃和METI（主動向外星發送地球文明信息）計劃。這樣做的主要理由，是他們幻想地球人類可以通過與外星文明的接觸和交往而獲得更快的科技進步。很多年來，在科學主義的話語體系中，中國公眾只接觸到這種觀點。

而反對與外星文明交往的觀點，則更為理智冷靜，更為深思熟慮，也更以人為本。半個多世紀以來，西方學者在這方面做過大量的分析和思考。比如以寫科幻作品著稱的科學家布林（D. Brin）提出猜測說，人類之所以未能發現任何地外文明的蹤跡，是因為有一種目前還不為人類所知的危險，讓所有其他外星文明都保持沉默——這被稱為「大沉默」（Great Silence）。【一】因為人類目前並不清楚，外星文明是否都是仁慈而友好的〔卡爾·薩根（Carl Edward Sagan）就曾相信外星文明是仁慈的〕。在此情形下，人類向外太空發送信息，暴露自己在太空中的位置，就很有可能招致那些侵略性文明的攻擊。【二】

地外文明能到達地球，一般來說它的科學技術和文明形態就會比地球文明更先進，因為我們人類還不能在宇宙中遠行，不具備找到另一文明的能力。所以一旦外星文明自己找上門來了，按照我們地球人以往的經驗，很可能是凶多吉少。

還有些人認為，外星人的思維不是地球人的思維。它們的文明既然已經很高級了，就不會像地球人那樣只知道弱肉強食。但是，我們目前所知的惟一高級文明就是地球人類，我們不從地球人的思維去推論外星人，還能從什麼基礎出發去推論呢？上面這種建立在虛無縹緲的信念上的推論，完全是一種對人類文明不負責任的態度。

而根據地球人類的經驗和思維去推論，星際文明中同樣有對資源的爭奪，一個文明如果資源快耗竭了，又有長距離的星際航行能力，當然就要開疆拓土。這個故事就是地球上部落爭奪的星際版，道理完全一樣。

筆者的觀點是，如果地外文明存在，我們希望它們暫時不要來。我們目前只能推進人類對這方面的幻想和思考。這種幻想和思考對人類是有好處的，至少可以為未來做一點思想上的準備。但是從另一個角度來看，人類完全閉目塞聽，拒絕對外太空的任何探索，也

【一】D. Brin. *The Great Silence - the Controversy Concerning Extraterrestrial Intelligent Life*. Royal Astronomical Society, *Quarterly Journal*. 1983, 24(3):283-309.

【二】D. Brin. *Shouting at the Cosmos...Or How SETI has Taken a Worrisome Turn into Dangerous Territory?* 2006[2010-12-7].http://www.davidbrin.com/shouldsetitransmit.html.

不可取，所以人類在這個問題上有點兩難。我們的當務之急，只能是先不要主動去招惹任何地外文明，同時過好我們的每一天，儘量將地球文明建設好，以求在未來可能的星際戰爭中增加幸存下來的概率。

對地外文明的探索，表面上看是一個科學問題，但本質上不是科學問題，而是人類自己的選擇問題。我們以前的思維習慣，是只關注探索過程中的科學技術問題，而把根本問題（要不要探索）忽略不管。

在中國國內，筆者的研究團隊從二〇〇八年開始，就已經連續發表論文和文章，論證和表達了同樣的觀點，比如發表在《中國國家天文》上的二〇〇九年國際天文年特稿〈人類應該在宇宙的黑暗森林中呼喊嗎？〉中，我們就明確表達了這樣的觀點：至少在現階段，實施任何形式的METI計劃，對於人類來説肯定都是極度危險的。[二]

四、「依賴模型的實在論」——霍金在一個根本問題上的站隊選擇

前面談及霍金關於宇宙是不是上帝創造的，以及我們要不要和外星文明交往這兩個問

題上的最新看法，很受中外媒體的關注。其實霍金近來意義最深遠的重大表態，還不是在這兩個問題上。

在《大設計》中，霍金還深入討論了一個就科學而言具有某種終極意義的問題——和前面提到的兩個問題一樣，霍金仍然只是完成了「站隊」，並沒有提供新的立場。但是考慮到霍金「科學之神」的傳奇身份和影響，他的站隊就和千千萬萬平常人的站隊不可同日而語了。正是在這個意義上，我們認為霍金在前面兩個問題上「有可能用老生常談作出新貢獻」，而在這個我們下面就要討論的重大問題上，霍金已經不是老生常談了，因為他至少作出了新的論證。

（一）金魚缸中的物理學

在《大設計》標題為「何為真實」（What Is Reality?）的第三章中，霍金從一個金魚

【一】江曉原、穆蘊秋：〈人類應該在宇宙的黑暗森林中呼喊嗎？〉，《中國國家天文》，二〇〇九年第五期，頁一一—一七。

缸開始他的論證。【一】

假定有一個魚缸，裡面的金魚透過弧形的魚缸玻璃觀察外面的世界，現在牠們中的物理學家開始發展「金魚物理學」了，牠們歸納觀察到的現象，並建立起一些物理學定律，這些物理定律能夠解釋和描述金魚們透過魚缸所觀察到的外部世界，這些定律甚至還能夠正確預言外部世界的新現象——總之，完全符合我們人類現今對物理學定律的要求。

霍金相信，這些金魚的物理學定律，將和我們人類現今的物理學定律有很大不同，比如，我們看到的直線運動可能在「金魚物理學」中表現為曲線運動。

現在霍金提出的問題是：這樣的「金魚物理學」可以是正確的嗎？

按照我們以前所習慣的想法——這種想法是我們從小受教育的時候就被持續灌輸到我們腦袋中的，這樣的「金魚物理學」當然是不正確的。因為「金魚物理學」與我們今天的物理學定律相衝突，而我們今天的物理學定律被認為是「符合客觀規律的」。但我們實際上是將今天對（我們所觀察到的）外部世界的描述定義為「真實」或「客觀事實」，而將所有與我們今天不一致的描述——不管是來自金魚物理學家的還是來自前代人類物理學家的——都判定為不正確。

然而霍金問道：「我們何以得知我們擁有真正的沒被歪曲的實在圖像？……金魚的實

在圖像與我們的不同，然而我們能肯定牠比我們的更不真實嗎？」

這是一個非常深刻的問題，答案並不是顯而易見的。

（二）霍金「依賴模型的實在論」意味著他加入了反實在論陣營

在試圖為「金魚物理學」爭取和我們人類物理學平等的地位時，霍金非常智慧地舉了托勒密和哥白尼兩種不同的宇宙模型為例。這兩個模型，一個將地球作為宇宙中心，一個將太陽作為宇宙中心，但是它們都能夠對當時人們所觀察到的外部世界進行有效的描述。霍金問道：這兩個模型哪一個是真實的？這個問題，和上面他問「金魚物理學」是否正確，其實是同構的。

儘管許多人會不假思索地回答說：托勒密是錯的，哥白尼是對的，但是霍金的答案卻並非如此。他明確指出：「那不是真的。……人們可以利用任一種圖像作為宇宙的模型。」霍金接下去舉的例子是科幻影片《黑客帝國》（*Matrix*，一九九九—二〇〇三年）——在《黑客帝國》中，外部世界的真實性受到了顛覆性的質疑。

【一】S. Hawking, L. Mlodinow. *Grand Design.*

霍金舉這些例子到底想表達什麼想法呢？很簡單，他得出一個結論：「不存在與圖像或與理論無關的實在性概念」（There is no picture–or theory–independent concept of reality），而且他認為這個結論「對本書非常重要」。所以他宣佈，他所認同的是一種「依賴模型的實在論」（model-dependent realism）。對此他有非常明確的概述：「一個物理理論和世界圖像是一個模型（通常具有數學性質），以及一組將這個模型的元素和觀測連接的規則。」霍金特別強調了他所提出的「依賴模型的實在論」在科學上的基礎理論意義，視之為「一個用以解釋現代科學的框架」。【一】

那麼霍金的「依賴模型的實在論」究竟意味著什麼呢？

這馬上讓人想到哲學史上的貝克萊主教（George Berkeley，一六八五—一七五三年）——事實上霍金很快就在下文提到了貝克萊的名字——和他的名言「存在就是被感知」。非常明顯，霍金所說的理論、圖像或模型，其實就是貝克萊用以「感知」的工具或途徑。這種關聯可以從霍金「不存在與圖像或理論無關的實在性概念」的論斷得到有力支持。

在哲學上，一直存在著「實在論」和「反實在論」。前者就是我們熟悉的唯物主義信念：相信存在著一個客觀外部世界，這個世界不以人的意志為轉移，不管人類觀察、研究、理解它與否，它都同樣存在著。後者則在一定的約束下否認存在著這樣一個「純粹客觀」的外部世界，比如「只能在感知的意義上」承認有一個外部世界。現在霍金以「不存在與圖像或理論無關的實在性概念」的哲學宣言，正式加入了「反實在論」陣營。

對於一般科學家而言，在「實在論」和「反實在論」之間選擇站隊並不是必要的，隨便站在哪邊，都同樣可以進行具體的科學研究。但對於霍金這樣的「科學之神」來說，也許他認為確有選擇站隊的義務，這和他在上帝創世問題上的站隊有類似之處。他認為「不需要上帝創造世界」也許被我們視為他在向「唯物主義」靠攏，誰知《大設計》中「依賴模型的實在論」卻又更堅定地倒向「唯心主義」了。

這裡順便指出，吳忠超作為霍金著作中文版的「御用譯者」，參與了絕大部分霍金著作的中文版翻譯工作，功不可沒。但在他提供給報紙提前發表的《大設計》部分譯文中，出現了幾個失誤。【二】最重要的一個，是他在多處將"realism"譯作「現實主義」，特別是將

【一】S. W. Hawking, L. Mlodinow. *Grand Design*. 24.

【二】吳忠超：〈沒有人看見過夸克——霍金最新力作《大設計》選譯〉，《南方週末》，二〇一〇年十月七日，第二十二版。

「依賴模型的實在論」譯成「依賴模型的現實主義」，這很容易給讀者造成困擾。"realism"在文學理論中確實譯作「現實主義」，但在哲學上通常的譯法應該是「實在論」，而霍金在《大設計》中討論的當然是哲學問題。在這樣的語境下將"realism"譯作「現實主義」，就有可能阻斷一般讀者理解相關背景的路徑。又如托勒密的《至大論》，霍金在提到這部著作時稱它為"a thirteen-book treatise"，這當然是正確的，但是譯成「一部十三冊的論文」就不妥了，宜譯為「一部十三卷的論著」。

五、《大設計》可能成為霍金的「學術遺囑」

《大設計》作為霍金的新作，一出版就受到了極大關注——《科學》（*Science*）、《自然》（*Nature*）等有影響力的雜誌幾乎在同一時間發表了評論文章。[二][三] 之所以出現這樣的情形，除了霍金所具有的媒體影響力之外，恐怕還有另一個重要的原因——此書極有可能成為霍金留給世人的最後著作。

霍金在書中的兩個被認為最為激進的觀點，在兩份書評中都受到了特別的關注：他聲稱利用量子理論證明了多宇宙的存在，我們這個宇宙只是同時從無中生出、擁有不同自然法則的多個宇宙中的一個；預言 M 理論作為掌管多世界法則的一種解釋，是「萬有理論」的惟一切實可行的候選。

不過，在《自然》雜誌的書評作者邁克爾·特納（Michael Turner）看來，霍金的上述論斷其實並不太具有說服力。根本原因是，多宇宙這一頗有創見的思想雖然「有可能是正確的」，但就目前而論，它卻連能否獲得科學資格都是有疑問的——不同宇宙之間無法交流，我們並不能觀測到其他宇宙，這導致多宇宙論成為一個無法被檢驗的理論。而特納認為，霍金在《大設計》中其實只是用多宇宙這一存在爭議的觀點「替代而不是回答了關於怎樣選擇和誰選擇的問題」，並沒有真正回答宇宙為什麼是「有」而不是「無」。至於霍金主張的引力讓萬物從無中生有，則是從根本上迴避了空間、時間和 M 理論為何如此的問題。

霍金在《大設計》一書中第一頁便宣稱「哲學已死」，這一高傲的姿態也激怒了不少人士。例如《經濟學人》上的書評認為：霍金宣稱「哲學已死」，卻把自己當成了哲學家，

【一】J. Silk. "One Theory to Rule Them All". *Science*. 2010-10-08.330(6001): 179-180.

【二】M. Turner. "Cosmology: No Miracle in the Multiverse". *Nature*. 2010-10-06.467:657–658 .

宣佈由他來回答基本問題，「這些言論與現代哲學很難作比，……霍金與莫迪納把哲學問題看成閒來無事喝茶時的消遣了」。【二】

雖然一些人對霍金書中的觀點持有異議，但霍金本人的影響力卻是不能不承認的，用特納的話來說就是「只要是霍金，人們就願聽」，況且霍金清楚、直白、積極的表達方式還是很具煽動性的。

就本文所分析的霍金最近在三個重要問題——上帝、外星人和世界的真實性——上的站隊選擇而言，筆者認為，最有可能對人類社會產生深遠影響的是第二個問題：霍金加入了反對人類主動與外星文明交往的陣營。就筆者所知，他可能是迄今為止加入這一陣營的最「大牌」的科學家。考慮到霍金的影響力，儘管這也不是他的創新，但很可能成為他對人類文明作出的最大貢獻。

附記

二〇一八年三月十四日，霍金去世的消息傳出，此文被眼明手快的公眾號編輯改名「霍金的科學遺囑——上帝、外星人與世界的真實性」，半小時內推送出來，兩天之內至少被二十四家公眾號或App轉載。若謂之「蹭熱點」，則吾豈敢。

原刊《上海交通大學學報》二〇一一年第十九卷第一期，署名江曉原、穆蘊秋

【一】〈霍金VS上帝：誰通往終極真理？〉。

期刊江湖篇

不公平的遊戲：兩棲SCI刊物如何操弄影響因子

——*Nature* 實證研究之四

一、提升影響因子的奧秘與捷徑

當人們稱 *Nature* 為「世界頂級科學期刊」時，習慣援引的依據首先就是它的高影響因子和排名——二〇一四年，它的影響因子高達四十一點五，在 SCI 期刊中位居第七。如果進一步指出，在影響因子遊戲剛剛開始的一九七四年，*Nature* 的影響因子其實只有四，排名三十八位。那些將 *Nature* 捧上「神壇」的人士很可能會以為，它之所以最終能在這場遊戲中勝出，主要得自其逐漸提升學術影響力，持續發表「高影響」論文的結果。

這樣的理解貌似很有說服力，但它忽略了一個常識，什麼樣的文章發表後能產生「高影響」，受到廣泛的引用，其實很難提前進行預判。相較而言，期刊提升「影響因子」其實存在更可靠、更快捷、更省事、更有效的方法。

在〈SCI 和影響因子：學術評估與商業運作——*Nature* 實證研究之三〉一文中，筆者已對發佈 SCI 和影響因子的盈利機構——它的正式名稱被故意取作「科學情報研究所」（Institute for Scientific Information，簡稱 ISI）——的商業性質進行了揭示，並對風靡全球的期刊影響力評價指標「影響因子」的算式規則合理性進行了質疑。【一】

按照 ISI 確立的影響因子算法標準定義：期刊 X 在前面兩年發表的源刊文本（source

items）在當年度的總被引用數（分子），除以期刊 X 在前面兩年發表的學術文章（article）總數量（分母），即為期刊 X 當年度影響因子的得數。算式表達為：

$$期刊\ N\ 年度的影響因子 = \frac{該刊（N\text{–}2）+（N\text{–}1）年所有源刊文本在\ N\ 年度總被引用數}{該刊（N\text{–}2）+（N\text{–}1）年發表引用項總數}$$

其中「源刊文本」指的是該 SCI 期刊發表的所有文本，而影響因子算式中作為分母的「學術文章」，即「引用項」（citable items），根據一九九五年度重新確立後沿用至今的準則，只包括「原創研究（original study）論文」和「綜述評論」（Review）。

上述區分主要針對的是 *Nature*、*Science*、《柳葉刀》（*The Lancet*）、《美國醫學會雜誌》（*Journal of the American Medical Association*）、《新英格蘭醫學雜誌》（*The New England Journal of Medicine*）這類期刊。

以 *Nature* 為例，它每期刊登的文章中，被認定為「引用項」的僅有三個欄目：歸於

【一】穆蘊秋、江曉原：〈SCI 和影響因子：學術評估與商業運作——*Nature* 實證研究之三〉，《上海交通大學學報》，二〇一五年九月第二十三卷第五期，頁六八—八〇。

「原創研究論文」的通信（Letter）和論文（Article），以及綜述評論。來信比較簡要，是對某一原始科研成果的初步介紹；論文篇幅稍長，是對某一項研究工作更全面的介紹。【二】其餘的十五個欄目：消息和評論（News and Comment）、讀者來信（Correspondence）、訃告（Obituaries）、觀點（Opinion）、書籍及藝術（Books & Arts）、未來（Futures）、書評（Book Reviews）、消息及觀點（News & Views）、洞見（Insights）、評論和視野（Reviews and Perspectives）、分析（Analysis）、假想（Hypothesis）、招聘（Careers）、技術特徵（Technology Features）、瞭望（Outlooks），全都被歸為非學術文本，即「非引用項」（uncitable items）。

本文將 *Nature* 雜誌這類既刊登「引用項」又大量刊登「非引用項」的刊物，統稱為「兩棲刊物」。對「兩棲刊物」而言，影響因子算式中，分子項「源刊文本」和分母項「引用項」的區別，為它們提升影響因子留下了巨大的操作空間。本文將以 *Nature* 雜誌為案例，對此進行系統深入的揭示，這也是前人未曾關注過的工作。

二、*Nature* 如何利用分母規則提升影響因子

簡而言之，*Nature* 大幅提升影響因子的捷徑之一，就是利用影響因子的算式分母規則，逐漸削減引用項（學術文本）的數量。何況，對 *Nature* 這樣的週刊而言，它還有著先天的優勢，龐大的發表數量，使得它可以在不引人關注的情形下，逐年削減引用項數量。如果把多年數據進行逐年統計和對比，結果頗為驚人，相關數據參見表一。

從表一可看出，從湯森路透科學情報研究所一九七四年開始出版 JCR 報告至今，*Nature* 一直在持續削減引用項的數量，二〇一四年的八百六十二篇，相較一九七四年的一千五百零二篇，削減幅度達百分之四十二。

與引用項大幅削減形成鮮明對比的是，過去四十年裡，*Nature* 雜誌的影響因子一直在逐年攀升，一九七四年為二點三，二〇一四年為四十一點四，增長約十八倍。對應的是，*Nature* 在 SCI 期刊中的排名，一九七四年位列五十五，一九八〇年代後期開始躍升，一九九〇年至今一直穩居前十的位置。

【一】http://www.nature.com/nature/authors/gta/index.html#a1.1.

表一：一九四九年以來 *Nature* 雜誌全年「引用項」與影響因子相關數據[二]

年份	**1949**	**1954**	**1959**	**1964**	**1969**	**1974**	**1979**	**1984**	**1989**	**1994**	**1999**	**2004**	**2009**	**2014**
引用項數	1,324	1,266	2,582	3,528	2,288	1,502	1,489	1,192	980	922	852	878	866	862
非引用項數	1,606	2,052	2,189	2,117	2,700	1,645	1,924	2,322	2,731	2,458	2,248	1,666	1,595	1,705
影響因子	-	-	-	-	2.3	4.0	5.8	10.2	18	25.4	27.9	32.1	34.4	41.4
排名	-	-	-	-	55	38	54	27	11	6	5	9	8	7

注：筆者對數據進行了逐年統計，此處為了便於列表，間隔期限定為五年

靠削減學術文本數量來提升影響因子，在顯性層面是顯而易見的，事實上並非單獨 *Nature* 一家有此做法。據二〇〇七年的一項研究，一九九四至二〇〇五年十年間，《內科學年鑒》（*Annals of Internal Medicine*）、《英國醫學雜誌》（*British Medical Journal*）、《美國醫學會雜誌》、《新英格蘭醫學雜誌》、《澳大利亞醫學雜誌》（*Medical Journal of Australia*）、《加拿大醫學聯合會雜誌》（*Canadian Medical Association Journal*）等著名醫學期刊，學術文章數量都在逐年大幅下降。[三] 至於其隱性機制，詳見下文第五節。

著名的 *The Lancet* 的學術文本在一九九七至一九九九年三年間曾大幅增加，不過這一

「反常」行為恰恰證明了學術文本數量對影響因子的直接影響——*The Lancet* 影響因子隨之大幅下滑（參見表二）。

The Lancet 主編後來在 *Nature* 上發文披露，這純屬意外。【三】一九九七年雜誌決定把原本不計入影響因子算式分母的「通信」（**Letters**），分為讀者來信（**Correspondence**）和研究通信（**Research Letters**），前者不計入影響因子算式分母，後者由於走同行評審程序，湯森路透科學情報研究所將其歸為「原創論文」（**Original Paper**）計入分母，這直接導致雜誌的「引用項」數量大幅增加。*The Lancet* 二〇〇〇年原本計入引用項的數量是八百二十一項，與湯森路透溝通後糾正為六百八十四項。此後的年份，*The Lancet* 及時進行「矯正」，大幅削減學術文本數量，影響因子隨之一路回升。

【一】發佈影響因子的JCR報告雖於一九七四年正式推出，但加菲爾德此前曾在論文中計算過一九六九年的期刊影響因子，本文一併整理給出。

【二】M. Chew, E. V. Villanueva & M. B. Van Der Weyden. "Life and times of the impact factor: retrospective analysis of trends for seven medical journals (1994-2005) and their Editors' views". *Journal of the Royal Society of Medicine*. 2007.100(3):142-150.

【三】Kathleen D. Hopkins, Laragh Gollogly, Sarah Ogden & Richard Horton. "Strange Results Mean it's Worth Checking ISI Data". *Nature*. 2002-02-14. 415:732.

表二：一九九六—二〇〇六年 *The Lancet* 的學術文本與影響因子對比

年份	**1996**	**1997**	**1998**	**1999**	**2000**	**2001**	**2002**	**2003**	**2004**	**2005**	**2006**
引用項數	532	983	1,009	1,108	684	569	522	498	416	360	301
影響因子	17.9	16.1	11	10	15	18	21	23	25	23.8	25.8
排名	20	23	37	56	66	48	36	28	20	17	18

值得注意的是，*The Lancet* 上同一類型的文本，歸入「通信」欄目不算「引用項」，歸為「研究通信」欄目卻算「引用項」，還暴露了影響因子規則存在的另一漏洞：「兩棲刊物」欄目繁多，而各家刊物對欄目的命名並不統一，除了「綜述評論」和「論文」之外，ISI 對刊物其餘欄目歸屬「引用項」的界定並不明確。

Nature 和 *Science* 的例證也很能反映這一情況，創建「影響因子」學術評價指標的尤金·加菲爾德（Eugene Garfield，一九二五—二〇一七年）在早年文章中，曾專門指明，除「評論」之外，*Nature* 歸為「引用項」的欄目是「論文」和「通信」，[二] *Science* 歸為「引用項」的欄目是除「評論」之外的「論文」和「報告」（Report）。[三] 而對 *Science* 上的常設欄目「來信」不算作「引用項」的做法，加菲爾德的解釋是，「不可將 *Science* 的『通信』混同 *Nature* 的『通信』，因為後者相當於 *Science* 上的『報告』」。

按實際發表內容而不僅憑名稱來決定欄目的歸屬，這當然是合乎情理的做法。但問題在於，由於人力的限制，湯森路透很難做到對所有「兩棲刊物」都逐期逐個欄目進行仔細甄別，這就為一些刊物提升影響因子留下缺口。

二〇〇六年，美國《公共科學圖書館醫學雜誌》（*PLOS Medicine*）公開披露，雜誌二〇〇五年首次被SCI收錄的時候，他們曾通過郵件、電話、面談等方式展開說服工作，試圖讓湯森路透少算分母項，而類似做法在行內已是公開秘密，「編輯們都試圖說服湯森路透減少雜誌的分母數，而公司拒絕把挑選『引用項』的過程公諸於眾」。【三】幾番接觸後，他們意識到，除原創論文之外，湯森路透公司對餘下哪些文本應該歸入「引用項」，完全含糊其辭。《公共科學圖書館醫學雜誌》的情形是，分母項如果只包括原創論文，影響因子將達到十一；如果將所有文本全部包括在內，影響因子將直降為三。從最終結果來看，

【一】E. Garfield. "*Nature*: 112 Years of Continuous Publication of High Impact Research and Science Journalism". *Essays of an Information Scientis*. 1981-10-05. 5(40): 5-12.

【二】E. Garfield. "*Science*: 101 Years of Publication of High Impact Science Journal". *Essays of an Information Scientis*. 1981-09-28.5(39): 253-259.

【三】"The Impact Factor Game". *PLOS Medicine*. 2006-06. 3(6): 707-709.

雜誌的這番「努力」貌似產生了效果，二〇〇五年它的影響因子是八。

如果真像《公共科學圖書館醫學雜誌》所言，期刊和湯森路透公司之間「討價還價」的做法已如此普遍，其間是否存在「權力尋租」的問題，其實是很引人遐想的。我們甚至可以進一步設想，作為一家商業公司，這樣的規則漏洞完全有可能是湯森路透科學情報研究所最初有意留下的。

三、非學術文本對影響因子的直接貢獻

影響因子算式分母規則幾經改變，兩棲刊物上的「引用項」目前仍然界定不清。相較而言，算式分子的規則倒是始終如一，且界定非常明確——所有文本產生的引用全部計入分子。也就是說，兩棲期刊的「非引用項」不會計入分母，但它們產生的引用卻會計入分子。

加菲爾德一九七五年最初確立這一原則時，理由是這類文本「很少會被引用」。[二] 有意思的是，在一九八一年一篇介紹 *Nature* 的文章中，他開列了一九六一至一九八〇年間雜誌被引用排名前二十的物理學論文，其中排名二十位的文章（被引一百九十六次），並不

在「引用項」之列，而是一篇「訊息」（News）。【二】這表明，*Nature* 上「非引用項」也能產生可觀的引用次數。【三】

由於「非引用項」對影響因子結果「只做貢獻，不算消耗」，多年來一直遭受學界詬病。二〇〇五年，加菲爾德受邀出席芝加哥舉行的同行評審及生物醫學出版國際會議，做了題為「影響因子的歷史及意義」的報告，對此進行專門回應。他表達了兩個觀點：第一，「非引用項」會被引用，但主要集中在發表當年度，所以不會對影響因子結果產生明顯影響。【四】第二，JCR 發佈的影響因子算式分子儘管包括了「非引用項」的引用次數，但只會對小部分雜誌的影響因子產生一定影響——影響幅度大約在百分之五至百分之

【一】E. Garfield. "Preface to Journal Citation Reports-Vol. 9 of SCI". published by Institute for Scientific Information (philadephia). 1975. 7-8.

【二】Wilson J. T. "Did the Atlantic Close and Then Re-Open?" *Nature*. 1966. 211: 676-681.

【三】E. Garfield. "*Nature*: 112 Years of Continuous Publication of High Impact Research and Science Journalism".

【四】詳細緣由，參見拙作：穆蘊秋、江曉原：〈SCI 和影響因子：學術評估與商業運作——*Nature* 實證研究之三〉，頁六八—八〇。

十之間。【一】【二】

加菲爾德進行上述回應時，並未提供任何實證檢驗數據，但已有學者在這一方向進行過研究，此處可參看兩份成果。

學者海內伯格（P. Heneberg）二〇一四年測算了十一家知名刊物——*Nature*、《自然醫學》（*Nature Medicine*）、《自然免疫學》（*Nature Immunology*）、*Science*、《科學信號》（*Science Signaling*）、《細胞》（*Cell*）、《細胞代謝》（*Cell Metabolism*）、《細胞幹細胞》（*Cell Stem Cell*）、《新英格蘭醫學雜誌》、《美國醫學會雜誌》、*The Lancet*——二〇〇九年發表的各欄目文章，在當年度（二〇〇九年）和接下去兩年（二〇一〇和二〇一一年）的被引用情況。【三】

結果表明，加菲爾德的第一個觀點並不成立，這些期刊上非學術文本發表後二、三年度產生的有效引用，要遠高於當年度的引用。本文摘取了海內伯格論文中與*Nature*雜誌相關的數據（見表三），從中可看出，和論文、綜述這類「引用項」一樣，所有「非引用項」在第二、三年度產生的引用，都要遠遠高於當年度的引用。

表三：*Nature* 雜誌二〇〇九年各欄目文本發表後三年的被引用情況

	原創論文	評論	傳記類	更正	社論	讀者來信	消息	書評
文本數量	800	66	19	78	780	250	381	169
二〇〇九年被引用	6,126	406	2	3	332	52	103	9
二〇一〇年被引用	24,183	2,481	2	13	1,232	129	197	8
二〇一一年被引用	29,241	3,225	2	13	1,281	168	179	6

第二份成果來自一九九六年，為了驗證 ISI 關於「可引用項」定義的合理性，學者莫

【一】E. Garfield. "The Agony and the Ecstasy - The History and the Meaning of the Journal Impact Factor". International Congress on Peer Review and Biomedical Publication Chicago. 2005-09-16.

【二】加菲爾德的會議報告修訂後，二〇〇七年發表在《美國醫學會雜誌》，參見：E. Garfield. "The history and meaning of the journal impact factor". *The Journal of the American Medical Association*. 2006. 295(1): 90-93。

【三】P. Heneberg. "Parallel Worlds of Citable Documents and Others: Inflated Commissioned Opinion Articles Enhance Scientometric Indicators". *Journal of the Association for Information Science and Technology*. 2014.65(3):635-643.

伊德（H. F. Moed）等人挑選一九八八年的三百二十份SCI期刊，把「非引用項」的引用次數從影響因子算式分子完全排除，對「可引用項」（文章、評論和技術通信）【二】的影響因子進行單獨計算。結果表明，其中一些刊物上的「非引用項」欄目，其實對影響因子有著很大貢獻。文章著重列出十家知名期刊（其中包括*Nature*雜誌），其「非引用項」對影響因子貢獻比值在百分之六至百分之五十之間（參見表四）——其中*The Lancet*高達百分之五十，*Nature*約為百分之十一，皆超出了加菲爾德所宣稱的限度。【三】

表四：十家期刊一九八八年度「非引用項」對影響因子的貢獻比值【三】

雜誌	***The Lancet***	新英格蘭醫學	神經科學趨勢	內科醫學年鑒	神經病理及實驗神經學	今日免疫學	***Nature***	分子生物學	現代物理學評論	***Science***
A	14.48	21.15	9.15	8.47	4.88	10.65	15.76	6.56	15.13	16.46
B	12.01	19.26	8.78	7.74	4.79	10.08	15.14	6.7	14.34	16
C	7.23	15.61	7.04	6.55	3.81	8.45	13.91	5.82	13.53	15.47
D（%）	50.06	26.19	23.06	22.67	21.92	20.65	11.73	11.28	10.57	6.01

注：A為ISI公佈的影響因子；B為重新驗算的影響因子；C為排除「非引用項」引用次數後計算出的影響因子；D為「非引用項」對影響因子的貢獻百分比值。在莫伊德的論文中，這個值是以B、C兩項之差除以B求得，但實際上以A、C兩項之差除以A來求得，更能凸顯問題的嚴重性，故此處所列D值是筆者用後一方法計算所得

莫伊德的論文比加菲爾德二〇〇五年的報告早九年發表且頗具影響，據「谷歌學術」統計，它在正式刊物上被引已達二百餘次，但加菲爾德在報告中對莫伊德的結論居然隻字未提——很難想像加菲爾德對此完全一無所知，因為他們倆人二〇〇四年還合作發表過論文。【四】

【一】按照湯森路透的規則，一九九五年之後，「技術通信」被從「可引用項」中剔除，詳情參見拙作：〈SCI 和影響因子：學術評估與商業運作——*Nature* 實證研究之三〉。

【二】H. F. Moed and Th. N. Van Leeuwen. "Improving the Accuracy of Institute for Scientific Information's Journal Impact Factors". *Journal of the American Society for Information Science*. 1996-2007. 46(6): 461-467.

【三】列表還證明，莫伊德等人對研究刊物影響因子重新驗算的結果（B），相較 ISI 公佈的結果（A）皆存在一定誤差。事實上，學界對 ISI 公佈的影響因子數據存在計算錯誤一直存在詬病，因與本研究主題無關，此處不再贅述。參見相關文章："Errors in Citation Statistics". *Nature*. 2002-02-10. 415: 101; Shengli Ren, Guang'an Zu & Hong-fei Wang. "Statistics Hide Impact of Non-English Journals". *Nature*. 2002-02-14. 415: 732. "Initial Sequencing and Analysis of the Human Genome". *Nature*. 2001-02-15. 409, 860–921.

【四】H. F. Moed and E. Garfield. "In Basic Science the Percentage of 'Authoritative' References Decreases as Bibliographies Become Shorter". *Scientometrics*. 2004. 60(3): 295-303.

四、非學術文本對影響因子的隱性貢獻

結合*Nature*的早期歷史，如果用「學術」和「大眾」文本的數量比例來衡量，它從一八六九年創刊至今，欄目設定經歷過三個階段的演變：

第一階段，創刊（一八六九年）至一九三〇年代，*Nature*只發表極少數量的「論文」。總體而言，這一時期的*Nature*確實是一份忠實履行其創刊宗旨的大眾科學期刊：將科學成果和科學的重要發現以通俗形式呈現給公眾；促使公眾在教育和日常生活中對科學達到更普遍的瞭解；為科學人士提供一個定期相互瞭解、交流各自工作成果的平台。【一】

第二階段，一九四〇年代起，*Nature*開始增加學術文本的數量，一九六〇年代的大約十年，是*Nature*發表學術文章數量最多的階段，單期上「論文」和「通信」多達六十篇不止。筆者在「*Nature*實證研究之二」中，曾通過威爾斯（Herbert George Wells）的案例證明，直至一九四〇年代，*Nature*在英國學界眼中還只是一份普通的大眾科學雜誌。【二】這一階段它如此加強「學術性」建設，很可能是為了獲得學界對其「學術身份」的認可。

第三階段，從ISI發起影響因子遊戲的一九七〇年代起，*Nature*開始逐漸削減學術文章數量，從每年一千五百篇左右減少至現今每年八百餘篇，影響因子明顯提升。考慮到

Nature 在推廣影響因子遊戲過程中扮演的重要角色，有理由認為，*Nature* 和加菲爾德一手創辦的 ISI 之間，存在某種心照不宣的共謀關係。

加菲爾德在一九八一年介紹 *Nature* 的那篇文章中，曾說過這樣一段話：

> 和 *Science* 一樣，*Nature* 除原創論文之外，還有其他文章。正如現任編輯約翰・馬多克斯（John Maddox）所言，「誰說我們是一本頂級科學雜誌？」，它每期有相當篇幅的版面刊登和科學時訊（news of science）有關的內容。得益於頂級科學雜誌的身份，*Nature* 發表的觀點在國際科學界有著巨大影響。【三】

這段話充分表明 *Nature* 介於「學術」與「大眾」之間的身份多麼曖昧，同時強調了它

【一】Wordsworth. "A Weekly Illustrated Journal of Science". *Nature*. 1870-01-20. 224: 424.

【二】穆蘊秋、江曉原：〈威爾斯與《自然》雜誌科幻歷史淵源——*Nature* 實證研究之二〉，《上海交通大學學報》，二〇一四年第二十二卷第一期，頁七四—八四。

【三】E. Garfield. "*Nature*: 112 Years of Continuous Publication of High Impact Research and Science Journalism".

「頂級科學雜誌」的光環讓人們更多地關注其大眾科學的內容——儘管其時任主編表現得對這一頭銜貌似也不是多麼在意。但加菲爾德忽略了一個事實，*Nature* 從創刊至現在，從未放棄對科普通俗文本的經營，它們對影響因子其實有著非常巨大的隱性貢獻。

為了更好地說明這一點，我們需要先瞭解加利福尼亞大學學者菲利普（D. P. Phillips）等人一九九一年針對知名頂級刊物《新英格蘭醫學雜誌》的一項研究。【二】他們的研究基於這樣一個前提，按照慣例，《紐約時報》（*New York Times*）每週會從知名科學雜誌上摘選一些學術文章，全文刊登在它的科學版面上。菲利普等人抽樣對比了兩組數據：

第一組，研究數據，將一九七九年刊登在《新英格蘭醫學雜誌》上的文章分為兩類：**A** 類，《紐約時報》全文推薦轉載文章，二十五篇；B 類，未被推薦文章，三十三篇。

第二組，參照數據（在研究數據生存環境被打破的情形下，對比觀察會出現什麼結果），一九七八年八月十日至十一月五日，《紐約時報》發生長達十二週的罷工，報紙對推薦論文僅列出標題，不登載全文。研究小組將這一期間發表在《新英格蘭醫學雜誌》上的文章抽樣分為兩類：C 類，《紐約時報》列出標題的推薦文章，九篇；D 類，未被推薦文章，十六篇。

通過統計兩組數據中四類文章在之後十年（一九八〇——一九八九年）的引用情況，結果發現：第一組數據中，A 類文章十年來的引用持續高於 B 類文章（平均高百分之三十五點二），進一步驗算表明，這並非是單獨幾篇高引用文章支撐的結果，也不是流行刊物之間互引的結果——如果把引用源刊縮小到學術刊物，引用率還要更高；第二組數據中，C 類只有四年（一九八〇年、一九八六年、一九八七年、一九八九年）的引用稍高於 D 類，其餘六年結果相反。

菲利普等人的抽樣研究結果表明，《紐約時報》對《新英格蘭醫學雜誌》論文的二次全文轉載，提升了論文受關注的程度，增加了論文的被引用次數——這種效應能持續長達十年不止。也就是說，《紐約時報》的轉載對學術成果的傳播，具有非常明顯的放大效應。這樣的放大效應當然是基於《紐約時報》廣泛的讀者群和影響力之上的，學術論文一經被它篩選轉載，即被看作具有說服力的象徵，會受到學界人士的格外關注。其效果有點類似國內文章被《新華文摘》全文轉載。

【一】D. P. Phillips, E. J. Kanter, B. Bednarczyk & P. L. Tastad. "Importance of the Lay Press in the Transmission of Medical Knowledge to the Scientific Community". *New English Journal of Medicine*. 1991-10-17. 325(16): 1180-1183.

稍作比較就會發現，《紐約時報》的上述特性，*Nature* 雜誌本身完全兼具。可以這樣說，絕大部分讀者閱讀 *Nature*，其實是衝著它的非學術文本去的——只有少數相關領域的研究者才會特別關注它發表的純學術文本，普通大眾很難對它們產生真正的閱讀興趣。所以期刊一旦擁有了龐大的讀者群，學術文本刊登在這類知名「兩棲」刊物上，就會獲得和被《紐約時報》全文轉載類似的放大效應——這正是非學術文本的隱性貢獻。說得極端一點，在 *Nature* 這樣的「兩棲」刊物上發表學術論文，就類似學術論文被《紐約時報》全文轉載。

五、「兩棲化」成為提升影響因子的捷徑

筆者在本文第一節末對「兩棲刊物」進行了界定，而在非兩棲類 SCI 收錄期刊中，按發表文章的類型劃分，又可區分出兩個類型：

論文類期刊（Original Research Journal），以發表原創論文為主（兼發表綜述評論）的期刊；

綜述類期刊（Review Journal），即專門發表綜述評論的期刊。[二] 典型的如《物理學評論》（*Physical Review*）、《現代物理學評論》（*Modern Physical Review*）、《化學評論》

（*Chemical Review*）等，就屬這類刊物。

以上述分類為基礎，如果對二〇〇〇年以來 SCI 期刊影響因子排名前二十的期刊做一個統計，會得出一個有意思的結果：「兩棲」雜誌（其中包括大量 *Nature* 雜誌的子刊）和綜述雜誌幾乎各佔半壁江山，論文期刊只佔很少的數量（參見表五）。

表五：影響因子前二十名中三類雜誌的比例（二〇〇〇—二〇一三年）

數量 \ 年份	**2000**	**2001**	**2002**	**2003**	**2004**	**2005**	**2006**	**2007**	**2008**	**2009**	**2010**	**2011**	**2012**	**2013**
兩棲類	6	7	7	7	10	10	8	9	9	8	10	9	9	10
綜述類	12	12	12	12	9	9	10	9	10	9	8	10	10	9
論文類	2	1	1	1	1	1	2	2	1	2	2	1	1	1
***Nature* 子刊**	3	4	7	9	8	8	7	8	7	8	9	8	11	10

【一】按湯森路透發佈的 JCR 報告中的定義，滿足以下四項條件之一，即為「綜述」：參考文獻超過一百項；出版在綜述雜誌或雜誌綜述專欄上；標題有「綜述」（Review）或「評論」（Overview）字樣；摘要表明是一篇評論或綜述。

這一結果有力地證明了，以*Nature*為代表的雜誌通過「兩棲化」，既刊登學術文本又刊登非學術文本的做法，在「影響因子遊戲」中取得了非常顯著的效果。值得一提的是，*Nature*還把「兩棲」模式複製到它的子刊上，成效同樣驚人，SCI排名前二十的期刊中，*Nature*出版集團（*Nature* Publishing Group，該集團當前已擁有近九十家雜誌）旗下期刊已由二〇〇三年的三份增加至近年的十份以上。

作為對照，作者對二〇〇〇年以來被SCI收錄的中國期刊的前二十位作了考察，發現全部是以發表原創研究論文為主的論文類期刊。事實上，中國幾乎不存在*Nature*這樣的兩棲雜誌。讓人費解的是，國內學界一面對*Nature*和*Science*這兩種期刊崇拜迷信得五體投地，一面卻又看不起科普，認為在一份學術刊物上發表非學術文本，就會「不純粹」，會大大降低刊物的學術品位。為此筆者特別在〈*Nature*實證研究之一〉和〈*Nature*實證研究之二〉兩篇論文中，挑選了*Nature*雜誌上的科幻小說和科幻影評這類典型案例，揭示了*Nature*雜誌極度強烈的「兩棲化」性質。【一】

當中國學界拜倒在西方學術評價指標面前，一廂情願地恪守「高標準、嚴要求」，跟隨西方老牌列強老老實實玩「影響因子」遊戲，並為自己被遠遠甩在後面而極度自卑耿耿於懷拚命追趕的時候，以*Nature*為代表的這些西方老牌科普雜誌，卻已將自身的「不純粹」變為優勢，成功摸索出一條以「兩棲化」提升影響因子，從而使自己躋身「世界頂級科學期刊」的捷徑。

在本文第二節所描述的 *Nature* 雜誌「兩棲化」策略實施過程中，雖然從表面上看，似乎分母的減少尚不足以直接解釋表一中影響因子升幅的全部，但實際上另有隱性機制作用於其間：既然決定減少計入分母的文章，當然就可以盡量減少以往低引用作者或主題的文章，而這一點完全可以通過考察該雜誌前幾年學術文本的引用情況做到。

例如，*Nature* 雜誌二〇〇五年就曾做過一項統計表明：二〇〇四年 *Nature* 雜誌百分之八十九的引用數是由百分之二十五的文章貢獻而得。二〇〇二和二〇〇三年 *Nature* 共發表約一千八百篇引用項，其中只有不到一半的文章在二〇〇四年被引超過一百次——引用排名第一的文章單篇引用次數超過一千次，其餘絕大部分被引都少於二十次。統計結果還進一步證明，論文引用和學科類別直接相關，從二〇〇三年度 *Nature* 發表的論文來看，熱

【一】穆蘊秋、江曉原：〈《自然》（*Nature*）雜誌科幻作品考——*Nature* 實證研究之一〉，《上海交通大學學報》，二〇一三年六月第二十一卷第三期：頁一五——二六；穆蘊秋、江曉原：〈威爾斯與《自然》雜誌科幻歷史淵源——*Nature* 實證研究之二〉，頁七五——一八四。

門領域如免疫學、癌症學、分子生物學、細胞生物學方向的論文，引用在五十至兩百次之間，而冷門專業如物理學、古生物學和氣候學，論文引用通常少於五十次。[二]

至於綜述類雜誌在 SCI 影響因子前二十名期刊中也得以佔據半壁江山，按照學界早已明確的共識，是因為綜述評論相較研究論文通常會獲得更多的引用，當整本期刊發表的全是評論（或以發表綜述評論為主），引用優勢當然會得到更加集中的體現。綜述評論的高引用也為期刊提升影響因子提供了很大的操作空間，筆者在另一篇文章——〈*Nature* 實證研究之五〉中，通過案例對此進行了分析和揭示。

六、餘論：SCI 兩棲刊物的商業價值

我們知道，一家媒體的商業價值，最直接的體現之一就是它的廣告價格。很少為人關注的是，*Nature* 這樣的「世界頂級科學期刊」也追求發行量，也刊登廣告——它每年都會定期發佈廣告定製宣傳手冊（參見表六）。可以這樣說，在追求商業價值這一點上，*Nature* 和《紐約時報》本質上完全一樣。

表六：知名「兩棲」刊物的單期發行量和廣告價格【二】

雜誌		*Nature*	*Science*	*The Lancet*	新英格蘭醫學	細胞	美國醫學會
年份		1981	1981	2008	2014	2014	2014
當年度發行量（份）		25,000	155,000	29,103	160,000	5,200	309,677
廣告報價（美元）	黑白全頁	1,245	2,730	4,100	7,600	4,585	7,395
	四色全頁	1,895	3,630	6,000	9,900	6,374	9,480

數據來源：根據各期刊當年度的市場廣告定製宣傳手冊統計而得

【一】“Not-so-deep Impact”. *Nature*. 2005-06-23. 435: 1003-1004.

【二】作者已力求給出各期刊當前的市場廣告報價，但 *Nature* 和 *Science* 情況較為特殊，逐年發佈的廣告定製手冊價格詳情盡被隱去，只附注「有意者請與市場廣告部直接聯繫」。某次會議上，筆者之一湊巧被安排與麥克米倫集團（*Nature* 的出版商）科學大中華區總經理鄰座，曾當面詢問 *Nature* 的廣告報價，對方以「商業秘密不便透露」為由婉拒。此處只能給出加菲爾德文章中一九八一年度的報價，供讀者參考：E. Garfield. “*Nature*: 112 Years of Continuous Publication of High Impact Research and Science Journalism”. E. Garfield. “*Science*: 101 Years of Publication of High Impact Science Journal”。

問題在於，*Nature* 究竟靠什麼吸引廣泛讀者，從而實現其商業價值呢？我們可通過比較兩種刊物來解答這個問題，一種是《物理學評論》，作為影響因子長期高居前列的 SCI 綜述類雜誌，《物理學評論》從不大肆宣揚它的發行量，也沒有逐年發佈的廣告定製手冊，表明它並不追求商業價值。而另一種是高級科普雜誌《科學美國人》（*Scientific American*，二〇〇八年已被 *Nature* 出版集團收購），儘管多年來它在影響因子遊戲中表現平平，但卻有著極高的商業價值，它的黑白全頁和彩色全頁廣告，在一九八一年售價就已分別高達一萬一千二百美元和一萬六千八百美元。【二】（二〇一四年度廣告報價參見表七）

表七：《科學美國人》二〇一四年世界各區版面廣告售價

		美國版	國際版	歐洲版	環球版
廣告報價（美元）	黑白全頁	48,845	15,875	13,450	55,200
	彩色全頁	73,210	23,490	19,840	82,690

上述比較結果表明，儘管在影響因子排名前二十的 SCI 期刊中，「兩棲」雜誌和綜述雜誌幾乎各佔半壁江山，但頭頂「世界頂級科學期刊」光環的「兩棲」雜誌卻有著綜述雜

誌無法比擬的商業價值。這樣的商業價值並不單純建立在象徵其高端學術性的影響因子之上，而是和它們的另一重身份——大眾科普屬性直接相關。說到底，*Nature* 這類「兩棲」刊物的終極秘密就是：

全力提升影響因子打造學術高端形象，同時利用大眾科普追求最大的商業利益。

原刊《上海交通大學學報》二〇一六年第二十四卷第二期，署名穆蘊秋、江曉原

【1】E. Garfield. "Scientific American–136 Years of Science Jousmalism". *Essays of an Information Scientist*. 1981-05-25. 21.

開放存取運動：科學出版烏托邦的背後

——*Nature* 實證研究之六＊

＊本文受上海市「浦江人才計劃項目（C類）」資助，項目編號：17PJC063。

一、開放存取期刊的快速發展及宣傳中的烏托邦想像

（一）風起雲湧的「開放存取運動」

一九九〇年代，伴隨互聯網迅速興起和普及，學術發表領域出現一種新的在線期刊形式——開放存取期刊（Open Access Journal，有時簡稱 OA 期刊）。

開放存取期刊一出現就顯出非常強勁的增長勢頭，多種統計都明確反映了同樣趨勢。例如據 M. Laakso 研究小組的統計，一九九三年開放存取期刊不過二十種，開放存取論文只有二百四十七篇，但十六年之後，到他們統計截止的二〇〇九年，開放存取期刊已劇增至四千七百六十七種，開放存取論文數量也相應多達十九萬篇。【一】而據 Directory of Open Access Journals（簡稱 DOAJ）網站的統計，在二〇〇四至二〇一四年間，開放存取期刊數量從一千一百三十五種劇增至九千八百七十三種。【二】

筆者則統計了 SCI 論文的情況，同樣表明，二〇一〇年以來，開放存取論文數量總體上也持續增長：從二〇一〇年的約三十四點六萬篇到二〇一六年的約五十點四萬篇，詳見表一：【三】

表一：SCI 開放存取論文絕對數量增長及在總論文數中的佔比情況（二〇一〇—二〇一六年）

年份	2010	2011	2012	2013	2014	2015	2016
開放存取論文數	345,844	378,357	423,452	456,021	486,971	509,705	503,899
SCI 論文總數	1,518,395	1,598,823	1,678,774	1,770,614	1,818,572	1,859,923	1,907,188
開放存取佔比（%）	22.8	23.7	25.2	25.8	26.8	27.4	26.4

雖然統計口徑或有不同，但從上述統計結果可見，二十餘年間開放存取期刊從起初寥

【一】M. Laakso , P. Welling, H. Bukvova, L. Nyman, B. Björk & T. Hedlund. "The Development of Open Access Journal Publishing from 1993 to 2009". *PLOS ONE*. 2011. 6(6): 1-10。特別說明：由於開放存取期刊發展迅速，本文較多使用了互聯網上的在線資料，這些資料很多會隨時更新，筆者已盡可能使用截至本文定稿時的數據。以下各處在線資料引用同此。

【二】Heather Morrison, "Dramatic Growth of Open Access", 2014, https://dataverse.scholarsportal.info/dataset.xhtml?persistentId=hdl:10864/10660. DOAJ 收錄期刊數隨時更新，此處取每年六月二十三日數據。

【三】數據來源：科睿唯安（Clarivate Analytics，發佈 SCI 和影響因子排名報告的「科學情報研究所」的新主人）的 web of science 核心合集 SCI 數據庫（數據採集日期：二〇一八年一月二十一日）。二〇一六年 SCI 開放存取論文比上年略有減少，可能有多種原因，尚待進一步觀察。

寥幾家到現今應者雲集，成為一場席捲全球學界的「運動」。

（二）布達佩斯會議上的烏托邦敘事

所謂「開放存取」，即指將內容放置到互聯網供公眾免費取用，允許自由閱讀、下載、複製、散佈、打印、檢索、嵌入軟件作為資料，除了保證內容的完整性及作者的署名權，不存在任何法律及技術方面的障礙。簡單來說，就是讀者不受限制地在互聯網上獲取文獻。

學者個人或群體自發創立開放存取期刊，通過搭建簡單的網絡技術平台交流成果，這樣的行為在上個世紀九十年代甚至更早就已出現，但「開放存取」作為一個專門術語，最早出現在二〇〇二年二月開放學會研究所（Open Society Institute）發佈的〈布達佩斯開放存取宣言〉（*Budapest Open Access Initiative*）中。【一】後經二〇〇三年六月〈貝塞斯達開放存取發表宣言〉，【二】和同年十月的〈柏林科學人文知識開放存取宣言〉，【三】進一步修改完善，定義最終版本得以確定。

開放存取的宣揚者們將這一發表形式鼓吹為一場「發表革命」，他們聲稱，這種新的發表模式將徹底打破學者在傳統訂閱期刊上發表的「費用門檻」和「使用門檻」，學術共

享「烏托邦」的美好世界近在眼前，主要體現在以下方面：【四】

大學、學會、研究機構、圖書館及個人可以在線免費獲取發表成果，從而節省大筆訂閱費用；

發表不受篇幅、長度限制，作者享有更高的文本表達自由；

開放存取審稿效率高，可大大壓縮發表週期；

開放存取雜誌相較傳統訂閱期刊具有更高刊用率，發表相對更加自由；

成果在線自由共享，讀者容易獲取，可大大提升其可見度；

成果使用方式不受制約和限制，能夠最大化發揮其潛在效用；

不過，我們從下文的分析將會看到，期刊出版商的實際作為已經使得〈布達佩斯開放

【一】"Budapest Open Access Initiative". [2002-02-14]http://www.budapestopenaccessinitiative.org/read.

【二】"Bethesda Statement on Open Access Publishing". [2003-06-20]http://legacy.earlham.edu/~peters/fos/bethesda.htm.

【三】"Berlin Declaration". [2003-10-22]https://openaccess.mpg.de/Berlin-Declaration.

【四】"Benefits for authors". [2018-03]http://www.nature.com/openresearch/about-open-access/benefits-for-authors/.

存取宣言〉中所描繪和宣稱的「開放存取運動」成為一個烏托邦故事，而在這個故事的背後則是高明的宣傳策略和精明的商業算計。

二、開放存取期刊商業經營道路的開啟

開放存取商業化經營之路的開啟，幾乎與〈布達佩斯開放存取宣言〉同步，其始作俑者可追溯到兩家線上出版機構：生物醫學中心（BioMed Central，簡稱 BMC）和公共科學圖書館（The Public Library of Science，簡稱 PLOS）。【一】

BMC 作為當代科學出版集團（今科學導航集團前身）旗下分公司，正式成立於二〇〇〇年，它發行約三百種開放存取期刊，其中代表刊物有 *Genome Biology* 和 *Genome Medicine*，此外還包括 BMC 系列刊物六十五種（其中近九成被 SCI 收錄），二〇〇八年，Springer-Nature 集團將其打包收購。

PLOS 的創建籌備工作始於二〇〇一年八月，發起者包括諾獎獲得者、前美國健康學會（NIH）主任 Harold Varmus、斯坦福大學教授 Patrick O. Brown、勞倫斯伯克利國家實驗室教授 Michael Eisen 等知名學者。此前，這些學者曾發起聯合倡議，呼籲科學家們從

二〇〇一年九月始，不要再向「沒有立即（或延期六個月後）向公眾免費自由開放論文全稿」的學術期刊投稿，請願活動獲得全球約二萬八千名科學家的簽名響應，但事後證明大部分簽名科學家實際並未真正履行這一倡議。所以很大程度上，創立 PLOS 是發起此次倡議的學者們對自身發表理想的一次踐行。【二】

BMC 和 PLOS 實施了一系列與開放存取相關的重要舉措，相關重要事件如下：

一九九九年四月，BMC 宣佈對旗下所有期刊實施在線免費。

二〇〇〇年七月，BMC 發表第一篇在線免費文章。

二〇〇二年一月，BMC 率先開始收取文章處理費，用於支付免費在線共享的產生費用。

二〇〇三年十月，PLOS 啟動第一種開放存取雜誌：*PLOS Biology*。

二〇〇四年，PLOS 啟動第二份開放存取期刊：*PLOS Medicine*。

二〇〇六年十二月，PLOS 啟動新刊 *PLOS ONE*，摩爾基金（Moore Foundation）

【一】“Open sesame”. *Nature*. 2012-04-08. 464: 813 .

【二】Vicki Brower. “Public library of science shifts gears”. *EMBO Reports*. 2001. 2(11): 972–973.

總計對其投入一千萬美元的啟動資助（二〇〇二年、二〇〇六年分別資助九百萬和一百萬美元）。【一】

開放存取的商業化經營之路，其標誌就是BMC在二〇〇二年一月率先啟動的「作者付費模式（author-pays model）」。【二】該模式簡單說來就是，作者在論文錄用後，需向投稿期刊繳付一筆規定數額的「論文處理費用」，名曰「彌補發表過程中產生的成本和開支」，費用通常由作者本人或所獲研究基金來承擔。通過這種方式，PLOS成功打造了開放存取第一「巨刊」（Mega-journal）*PLOS ONE*——二〇一四年該刊發表論文超過三萬篇，日均發文約八十篇！

與*Nature*這類老牌傳統訂閱期刊相比，*PLOS ONE*走的是另一條路線，詳見表二。表二中已將若干重要區別用黑體字標識出來，其中最重要的分界，其實可以只用一項來鮮明表徵——**期刊有沒有紙質印刷的版本**。在目前的狀況中，紙質期刊仍然在很大程度上意味著「高端」、「正式」、「嚴肅」等等。

表二：*Nature* 和 *PLOS ONE* 兩種期刊模式的區別一覽

期刊模式	**傳統訂閱期刊（*NATURE*）**	**作者付費的開放存取期刊（*PLOS ONE*）**
收費方式	讀者付費（訂閱）、廣告	作者付費、基金資助、廣告
發表方式	**紙刊**	**在線**
篇幅	嚴格受限	稿件長度不限
發文數	版面、發文數量固定	**發文數量幾乎無限制**
發表週期	較長	較短
更新週期	週刊（每週四出版）	日刊（即時更新）
審稿標準	文章發表與否由期刊編輯最終決定，但也會在發表前通過同行對論文的重要性和學術價值進行篩選把關。	宣稱「**將評判論文優劣的權利還給讀者**」，論文意義和重要性不是接受或拒絕稿件的主要標準，偏重考量實驗和數據分析是否縝密合理。[三]

【一】Declan Butler. "BioMed Central Boosted by Editorial Board". *Nature*. 2000-05-25. 405:384. Declan Butler. "Publishing Group Offers Peer Review on PubMed Central". *Nature*. 1999. 402:110.

【二】BioMed Central's Method of FOS, [2009-06-01]http://legacy.earlham.edu/~peters/fos/newsletter/09-06-01.htm.

【三】Jim Giles. "Open-access journal will publish first, judge later". *Nature*. 2007. 445:9.

至於「將評判論文優劣的權利還給讀者」，作為口號雖然動聽，卻明顯違背期刊的辦刊初衷——期刊的基本義務之一，就是為讀者選擇值得閱讀的論文和文章發表，著名期刊的聲譽很大程度上就來源於對文章選擇的嚴格和精當。如果不分良莠隨意發表，還美其名曰「讓讀者自己判斷」，那讀者還需要這樣的期刊嗎？誰才需要這樣的期刊？後一個問題的答案，將是相當出人意表的。

三、開放存取期刊類型及其對傳統訂閱期刊格局的影響

對於那些主要依靠用戶訂閱的老牌傳統期刊和出版機構而言，作者付費的開放存取期刊完全是新興事物，有些刊物一度如臨大敵，認為來勢洶洶的新對手會擾亂現有發表規則和格局，乃至危及自身的生存狀況。

據 *Nature* 雜誌二〇〇七年一月的一篇文章披露，愛思唯爾（Elsevier）、威利（Wiley）和美國化學學會（American Chemical Society）就曾以美國出版協會（Association of American Publishers）的名義，高薪聘請危機公關專家 Eric Dezenhall——號稱「公共關係鬥牛犬」（pit bull），尋求抵抗開放存取的應對之策。Dezenhall 收取了近五十萬美元的

諮詢費，開出的「處方」包括：祭出「公共存取等同政府審查」的口號、共同抵抗政府公共開放項目等等。【一】

不過，Dezenhall 的建議還未及踐行，風向就已發生改變，或許是意識到「作者付費」存在巨大的牟利空間，在很短時間內，幾大出版商就從最初試圖抵制，轉而擁抱開放存取。典型的如愛思唯爾，二〇〇七年三月它即與霍華德・修斯醫學會（The Howard Hughes Medical Institute）簽訂協議，約定研究所資助的學者在其旗下刊物發表開放存取論文，研究所需向出版社每篇論文支付一千至一千五百美元，此類文章發表六個月後，上傳至 PubMed Central 向公眾免費開放。

相較而言，還是老牌商業出版巨頭施普林格（Springer）反應最敏捷，早在二〇〇五年八月，雜誌社即聘請 BMC 的初創者 Jan Velterop 擔任開放存取首席運營官，成為首家設置專門部門運營開放存取業務的商業出版公司。

時至今日，國際上能排得上號的知名出版機構，幾乎無一例外將開放存取列為重要的業務拓展方向。例如據較新的數據，愛思唯爾旗下的開放存取期刊已達五百家，施普林格

【一】Jim Giles. "PR's 'Pit Bul' Takes on Open Access". *Nature*. 2007-01-25. 445:347.

旗下已有五百三十家，威利集團旗下也已有八十七家。【一】與此同時，一些企圖對原有市場格局進行重新洗牌的新興出版機構和期刊，也將開放存取當作強行進入出版市場的一次重要契機。歸納起來，採用的方式主要有如下幾種：

（一）老牌傳統訂閱期刊的轉型

創刊於一九一五年《美國國家科學院院刊》（習慣簡稱 *PNAS*），是一份著名的老牌綜合類科學期刊。二〇〇三年八月至十月，*PNAS* 向六百一十位作者發出調研問卷，最終反饋得二百一十種。其中有兩個主要問題：一是「你是否願意為發表在 *PNAS* 上的論文支付論文處理費用？」，回答「是」和「否」的比例為一百零四（百分之四十九點五）比一百零六（百分之五十點五），正反雙方人數基本持平；二是對於選擇開放存取的學者而言，「能接受的期刊理想論文處理費用價位？」，八十一人選擇五百美元（佔比百分之七十九點四），十五人選擇一千美元（佔比百分之十四點七），四人選擇一千五百美元（佔比百分之三點九），二人選擇二千美元（佔比百分之二）。【二】

上述調研的數據並未給「*PNAS* 是否應該轉型開放存取」提供明確的判斷依據。不過次年六月，*PNAS* 還是宣佈正式轉型為「混合期刊」（hybrid journal）——保持傳統投稿方式的同時，提供發表開放存取論文選擇，論文處理費用每篇一千美元（當前收費一千四百五十美元）。

時任 *PNAS* 的主編 Nicholas R. Cozzarelli 在社評中，對期刊的轉型給出了四個理由：[三]

所有期刊都應努力做到不限讀者不限地域，便利獲取科學文獻；

開放存取「作者付費模式」不會導致期刊發生「財務風險」；

PNAS 願意帶頭嘗試開放存取，為其他期刊發揮表率作用；

儘管目前只有少數學者（人數還在上升）願意選擇開放存取期刊發表論文，但 *PNAS* 不想失去發表這部分學者優秀成果的機會，願意為他們提供發表平台。

Cozzarelli 幾乎把開放存取抬升到了「政治正確」的高度，成了所有期刊都應努力達

【一】Beata Socha. "How Much Do Top Publishers Charge for Open Access?". [2017-04-26]http://openscience.com/how-much-do-top-publishers-charge-for-open-access/.

【二】Nicholas R. Cozzarelli, Kenneth R. Fulton & Diane M. Sullenberger . "Results of a PNAS Author Survey on An Open Access Option for Publication". *PNAS*. 2004-02-03. 101(5):1111.

【三】Nicholas R. Cozzarelli. "An Open Access Option for *PNAS*". *PNAS*. 2004-06-08. 101(23):8509.

到的目標，*PNAS* 率先發表開放存取論文，則是為了積極發揮著名老牌期刊的表率作用。很難判斷這究竟是 *PNAS* 的真實態度，還是一種修辭手法——因為對很多期刊而言，它們陳述類似的漂亮説辭，其實只是想掩飾一個目的：把開放存取作為賺錢的工具和手段。

無論如何，從期刊經營角度來看，混合模式確實是一種安全的做法，它為期刊留下足夠的迴轉餘地：可以緊跟出版潮流，有利於佔取開放存取新興發表市場的份額；在實際操作過程中「進可攻退可守」，如果大多數作者傾向選擇開放存取，那期刊可以轉型為完全開放存取期刊；如果多數作者對開放存取並不積極，那期刊仍然保持傳統投稿方式。【一】

PNAS 的轉型方式在傳統訂閱期刊中很有代表性，頗受各大出版商青睞，據學者 Björk 集中整理的二〇〇九年至二〇一二年相關數據，各大出版商啟動混合期刊的數量增加非常明顯，其中最突出的是愛思唯爾，二〇〇九年，它旗下混合類期刊僅有六十八種，到二〇一二年，此類型期刊已爆增至一千一百六十種。【二】

表三：國際知名出版機構混合期刊數量變化和平均收費（二〇〇九—二〇一二年）

出版機構		Springer	Elsevier	Wiley-Blackwell	Taylor & Francis	Sage	Cambridge U.P.	American Chem. Soc.	Nature P. G.
混合期刊種數	2009	1,100	68	300	300	54	15	35	14
	2012	1,360	1,160	726	577	177	120	38	37
收費價格（美元）		3,000	3,000	3,000	3,250	3,000	1,350—2,700	1,000—3,000	2,500—3,900

除了「混合模式」，有一些訂閱期刊還會採用更激進的做法——徹底轉型為完全開放存取期刊（不再接受傳統投稿），其中最具代表性的是老牌醫學雜誌 *Medicine*。

Medicine 創刊於一九二二年，二〇一四年它正式宣佈轉型為完全開放存取期刊。這主要來自兩方面的考量：*Medicine* 不是學會期刊，沒有固定的會員作者及讀者基礎，與其他

【一】Bo-Christer Björk. "The Hybrid Model for Open Access Publication of Scholarly Articles – a Failed Experiment?" *Journal of the Association for Information Science and Technology*. 2012. 63(8): 1496-1504.

【二】D. C. Prosser. "From Here to There: A Proposed Mechanism for Transforming Journals from Closed to Open Access". *Learned Publishing*. 2003.16 (3):163–166.

醫學雜誌競爭稿源過程中落入下風；訂閱量跟廣告收益都在持續減少，而原來的作者大多轉向開放獲取期刊投稿。【一】

Medicine 的改革大刀闊斧，一上來就仿照 *PLOS ONE* 直接開啟「巨刊」模式：

接受稿件大幅增加，由原來每年發稿三十篇左右，增為每年一千五百篇以上；

轉型為大綜合類醫學期刊，涉及醫學學科達四十餘個；

將此前由少數專家組成的編輯部進行大幅人員擴充，目前人數多達近八百人；

論文稿件發表標準更加寬鬆自由，不強調研究的創新性和潛在影響力，在符合倫理道德前提下，可以發表結果為陰性的醫學研究和案例報告。

Medicine 的一系列激進做法，從拯救期刊達成的效果而言，目前還無法判斷是「出路」還是「絕路」。不過一個顯著的事實是，期刊影響因子已經從改革之初二〇一四年的五點七，下降到了二〇一六年的一點八。此外，*Medicine* 受詬病的地方還有，雜誌大幅擴充編委會以來，儘管充任編輯的學者遍佈全球，但主編之位卻一直空缺至今。

（二）頂級期刊創辦開放存取子刊

自二〇一〇年起，學界知名度很高的四大期刊——*Nature*、*Science*、*Cell*、*The*

Lancet，已先後創辦開放存取子刊，詳見表四：

表四：*Nature* 等四大期刊旗下開放存取子刊及收費情況

主刊	***Nature***			***Science***	***Cell***	***The Lancet***
開放存取子刊	*Nature Communications*	*Scientific Reports*	*Scientific Data*	*Science Advances*	*Cell Reports*	*The Lancet Global Health*
創辦年份	2010	2011	2014	2014	2012	2014
影響因子（2016）	12.1	4.2	4.8	（非 SCI）	8.2	17.6
目前收費（美元）	5,200	1,760	1,675	1,200	5,000	5,000

「四大刊」中的三家，*The Lancet*、*Cell* 和 *Science* 不同程度上也走上了「混合期刊」道路，它們通過和某些具有國際影響力的大基金會簽訂合約，定向接受此類基金資助的研究所產生的開放存取論文。

【一】〈期刊轉型成開放獲取的技巧，以及 mega-journal 在學術出版的角色〉，[2016-03-31]http://www.editage.cn/insights/1562.html.

截至本文定稿時，與 *The Lancet* 簽約的基金會有十七家，【一】與 *Cell* 雜誌及子刊簽約的基金會達四十三家，【二】兩家刊物發表此類基金會資助的開放存取論文，收費都是每篇五千美元。而據 *Science* 官網二〇一七年二月十四日發佈的消息，美國科學促進會和蓋茨基金會（Gates Foundation）首次達成協定，基金會每年支付學會十萬美元，換取學會旗下 *Science* 及子刊上的十至十五篇文章的版面，用於發表該基金會支持的開放存取論文。【三】

此消息引發行內關注，*Nature* 發文跟蹤報道。【四】事件起因和蓋茨基金會的開放存取項目有關，基金會每年約花九億美元在全球健康項目上，其中部分用於科研，但對受資助研究人員有高於一般基金的開放條款要求：論文成果和採集數據必須以開放存取方式發表，完全免費對公眾開放，允許無限制自由使用（包括商業用途）。【五】而這樣的「開放」限度，是 *Nature*、*Science*、*PNAS*、《新英格蘭醫學雜誌》都無法滿足的。【六】蓋茨基金會為了讓資助成果既發表在高端期刊上，又滿足自身設定的開放存取要求，曾和各大出版機構展開談判——此前它已順利簽下 *Cell* 和 *The Lancet*。

美國科學促進會終於願意打開缺口，可能的原因是，目前四大期刊的開放存取子刊中，只有 *Science Advances* 還未被 SCI 收錄，而通常情形下，學者會選擇優先將稿件投向 SCI 期刊。這一嚴重「短板」導致 *Science Advances* 在開放存取稿件市場的爭奪中，競爭力明顯不足，所以 *Science* 主刊只能親自「紆尊降貴」進行彌補了。

相較而言，*Nature* 雜誌顯得相當另類，它是「四大刊」中惟一「保全金身」的刊物，

【一】“Information for Authors”. [2018-03]http://www.thelancet.com/pb/assets/raw/Lancet/authors/tl-information-for-authors.pdf.

【二】“Funding Bodies/Open Access”. [2018-03]http://www.cell.com/cell/authors.
“Agreements”. [2018-03]https://www.elsevier.com/about/open-science/open-access/agreements.

【三】“AAAS and Gates Foundation Partnership Announcement”. [2017-02-14]http://www.sciencemag.org/about/aaas-and-gates-foundation-partnership-announcement.

【四】Richard Van Noorden. “*Science* Journals Permit Open-Access Publishing for Gates Foundation scholars”. [2017-02-14]https://www.nature.com/news/science-journals-permit-open-access-publishing-for-gates-foundation-scholars-1.21486.

【五】Richard Van Noorden. “Gates Foundation Announces World’s Strongest Policy on Open Access Research ”. [2014-11-21]http://blogs.nature.com/news/2014/11/gates-foundation-announces-worlds-strongest-policy-on-open-access-research.html.

【六】Richard Van Noorden. “Gates Foundation research can’t be published in top journals”. *Nature*. 2017-01-13. 541:270.

截至本文定稿時，還未與任何基金會簽訂合約發表接受定向資助的開放存取論文。【一】

不過，一個耐人尋味的現象是，以上三家大牌刊物即使接受定向基金會資助的開放存取論文，對這類論文發表數量的控制其實也相當嚴格，這種現象背後的原因至少有兩個：

其一，追求影響因子的剛性約束。

頂級刊物今天在學界的聲譽很大程度上得益於超高的影響因子，筆者先前的考察表明，多年以來這些刊物的「可引用項數」（影響因子公式中分母）普遍呈減少趨勢，因為這是提升影響因子非常直接有效的手段。【二】而開放存取刊物的典型特徵恰恰是大量發文，以數量求利潤（詳見後文），在操作上與 *Science* 這類「精英刊物」追求影響因子的基本目標完全背道而馳。

其二，讓開放存取子刊去發低端論文。

Science 所屬的美國科學促進會（AAAS）二〇一四年發行開放存取期刊 *Science Advances* 之初，曾非常明確地闡釋了啟動新刊的理由：

> 美國科學促進會屬下的 *Science* 等刊物因為沒有提供多餘的出版渠道，被迫拒了很多優秀的稿件（*Science* 每年約接受一萬四千篇稿件，刊用率僅為百分之六），*Science*

Advances 將會滿足這個要求。投給 *Science* 及其姊妹刊 *Science Translational Medicine* 和 *Science Signaling* 的稿件，**被拒後自動轉投 *Science Advances*，不再進行同行評議**，期刊同時也接受別的新稿件。【三】

這段話赤裸裸地道出一個真相，美國科學促進會創辦 *Science Advances*，就是讓其發表屬下另外幾種訂閱期刊的拒稿，「肥水不流外人田」，這實際上就是將開放存取期刊，包括他們新創辦的 *Science Advances*，視為「劣等刊物」，其作用就是讓高端訂閱主刊的「純正

【一】這裡有兩點需要說明：1.在 *Nature* 等雜誌的網頁上，會有一些標注為"open"的文章，可以免費閱讀，但它們還不是開放存取論文。在這種情況下，資助基金的標注是一個重要標識，例如在 *Cell* 上的開放存取論文會明確標注受什麼基金資助。2.論文的「開放存取」本身還可以有不同的程度，比如發表若干時間以後再開放，或從上線之日起就開放等，這往往和資助者的要求及資助者和期刊的討價還價有關。對此類情形筆者將另文論述。

【二】見本書「不公平的遊戲：『兩棲』SCI 刊物如何操弄影響因子——*Nature* 實證研究之四」篇，其中還討論了「兩棲刊物」的基本概念以及國內外對此事的不同態度和做法。

【三】Jocelyn Kaiser, David Malakoff . "AAAS Launches Open-Access Journal". [2014-02-12]http://www.sciencemag.org/news/2014/02/aaas-launches-open-access-journal.

血統」不受低端開放存取論文的「污染」。

除了創辦開放存取子刊，頂級刊物還最大程度地利用主刊光環效應進行「吸稿」，與全球學術機構、研究中心合作建設開放存取期刊。這種做法主要迎合這類研究者的心理：他們無法將稿件發表在大牌期刊上，就退而求其次讓稿件發表在這類合作期刊上，似乎也能沾沾主刊的「牛氣」。

幾大刊物中，*Nature* 雜誌目前這一業務開發得最為充分，在其官網上，相關的開放存取期刊分為五類：[二] 被列為「綜合類雜誌」（Multidisciplinary）的三種子刊已見表四，最高收費每篇五千二百美元。其次是「《自然—通訊》系列」（Communications Journals），也是三種，都收費二千五百七十美元。列入「《自然》合作期刊」（Nature Partner Journals）的二十四種，最高收費三千三百美元，這些子刊雖舉著 *Nature* 的豪華招牌，但發文量極少，有的發文竟只有一兩篇，如此「有價無市」，應該和它們未被 SCI 收錄有直接關係。「學院和學會期刊」（Academic and society journals）目前有二十種，是合作辦刊性質，其中有 SCI 期刊十三種，最高收費三千九百七十五美元。還有「混合期刊」，目前有四十種，大多為 SCI 期刊，在自身領域已經建立了良好聲譽，目前正積極轉型為混合期刊，在保持傳統訂閱模式的同時，也開始發表開放存取論文，最高收費四千四百美元。

（三）新興開放存取期刊的收費「套路」：*PeerJ* 和 *eLife*

對一些新興期刊而言，開放存取是打破原有出版格局擠入學術發表市場的絕佳路徑。這些期刊採用的經營手法簡直讓人大開眼界，典型的有兩家：*PeerJ* 和 *eLife*。

PeerJ 採用赤裸裸的商業促銷策略。

PeerJ 把電話公司常搞的那套固定收費打折促銷手段，原封不動搬用到學術雜誌的經營上。期刊二〇一二年啟動之初，*PeerJ* 即提供了三種會員收費標準：初級會員繳納九十九美元，一年可發一篇論文；升級會員一百六十九美元，每年可發兩篇論文；研究會員二百五十九美元，可無限發文。如果一篇文章有多位作者，需所有作者購買會員資格才可享受套餐優惠。現在 *PeerJ* 發表規則稍有變化，單篇論文處理費用一千零九十五美元，姊妹刊 *PeerJ Computer Science* 單篇收取八百九十五美元。會員制保持不變，取消了「無限發文」規則，初級版、升級版和加強版價格上漲，分別為三百九十九美元、四百四十九美元和四百九十九美元，對應一年年限內可以發表論文篇數為一篇、兩篇和五篇。需一文所

【一】"Nature Research Open Access Journals". [2018-01-26]http://www.nature.com/openresearch/publishing-with-npg/nature-journals/.

有作者都購買會員資格才可享受套餐優惠的規則不變。

如此赤裸直白的商業辦刊手法，連 *Science* 雜誌都看不下去，它用一個滿含譏諷的標題報道此事，「**二百五十九美元讓科學家發文發到死**」！[一]

PeerJ 如此濃厚的商業做派主要和其風投背景有關，它由風投資本家 Tim O'Reilly 一手操辦，從 O'Reilly Media 和 O'Reilly Alpha Tech Ventures 獲得九十五萬美元的注資，雜誌主要經營合夥人是曾參與成功創辦 *PLOS ONE* 的 Peter Binfield。[二]

eLife 的手法則更具欺騙性。

eLife 由世界著名私人研究基金會美國馬里蘭州霍華德·修斯醫學會和倫敦惠康基金會（The Wellcome Trust in London）、柏林馬普研究所（The Max Planck Society in Berlin）共同投建。頭十年的資金計劃分兩期，第一期二〇一二至二〇一七年共提供一千八百萬歐元，第二期二〇一七至二〇二二年共提供二千五百萬歐元，共計投資四千三百萬歐元（約合五千六百萬美元）。[三] 有如此雄厚的資金支持，*eLife* 一開始的做法是，發表論文一律不收取論文處理費用。

eLife 首任主編由諾貝爾生理醫學獎獲得者細胞生物學家 Randy Schekman 擔任。Schekman 此前還擔任過 *PNAS* 主編（二〇〇六—二〇一一年）。上任新刊後不久，他在

英國《衛報》上發文，高調宣稱其研究團隊此後將不再向 *Nature*、*Science* 和 *Cell* 投稿。【四】

他把此三大刊稱為「奢侈雜誌」，理由是這些高影響因子期刊為維護自身品牌，往往把稿件刊用率壓得很低，「就類似高端品牌設計師使用飢餓營銷手法通過生產限量產品來維護自身品牌形象一樣」，同時這些雜誌還牽扯科學以外太多的東西——出版商的利益，研究者榮譽及基金申請等等，「扭曲了科學進程，鼓勵研究人員進行一些華而不實的研究，而忽視真正重要的研究工作」。接著就為剛剛創立的 *eLife* 搖旗吶喊，聲稱「奢侈雜誌

【一】Kai Kupferschmidt. “New Open Access Journal Lets Scientists Publish ’til They Perish”. [2012-06-12]http://www.sciencemag.org/news/2012/06/new-open-access-journal-lets-scientists-publish-til-they-perish.

【二】Erin Griffith. “PeerJ Raises $950K from Tim O’Reilly’s Ventures To Make Biomedical Research Accessible to All”. [2012-06-12]https://pando.com/2012/06/12/peerj-raises-950k-from-tim-oreillys-ventures-to-make-biomedical-research-accessible-to-all/.

【三】Ewen Callaway. “Open-access Journal eLife Gets ￡25-million Boost”. *Nature*. 2016-06-01. 534: 14–15.

【四】“Nobel Winner Declares Boycott of Top Science Journals”. [2013-12-09]https://www.theguardian.com/science/2013/dec/09/nobel-winner-boycott-science-journals.

的缺陷或許能在任何人都可以免費閱讀的開放雜誌上得到彌補」。

Schekman 的上述言論聽起來義正辭嚴，很容易被解讀為一位不滿現狀卻富有情操的著名科學家，鼓起勇氣對幾大精英雜誌發起反抗的「義舉」，在當時備受媒體和學界關注。然而今天回頭再看，會發現 Schekman 這篇頗具煽動性的文章，更像是 *eLife* 為了打破期刊江湖原有格局所施展的某種手段：

先將三大高端雜誌引為假想競爭對手以自抬身價，然後指責在這些高端雜誌上發文困難，進而聲稱 *eLife* 是彌補這項缺陷的最佳選擇。但是緊接著，*eLife* 在進入「SCI 俱樂部」之後，就宣佈開始對作者收取論文處理費用，每篇論文二千五百美元。【一】

從最初的高調免費發文到現今公然收取費用，其中充滿了套路色彩——它很像是一些商業雜誌慣用的手法：先不惜成本投巨資燒錢把招牌砸出來，成功佔據市場份額後，立即轉變經營手法收取費用。況且發文困難如果是因為甄選嚴格，這根本就不構成「缺陷」，所以 Schekman 對三大刊的指責也是站不住腳的。此外，這兩家期刊都在創刊後很快就被 SCI 收錄，【二】這也未嘗不是引人遐想之處——許多期刊奮鬥了多少年還進不了 SCI 呢。

四、撲朔迷離的開放存取期刊成本和利潤

（一）PLOS「避而不談」實際成本

接下來需要正面探討一個重要問題：期刊發表一篇開放存取論文，實際成本是多少？換言之，開放存取期刊的利潤空間有多大？

由於事涉商業機密，很少有出版機構願意正面回應此事。但 PLOS 公司在官網逐年展示的公司年度財務簡表，提供了很好的樣本，相關數據有十分豐富的解讀空間，筆者嘗試從若干個方面進行探討和分析。

PLOS 旗下當前共有七家開放存取期刊（*PLOS ONE* 為其中之一），公司二〇一六年度財務簡表顯示，[三] 二〇一六年七家期刊共發表論文二點六萬餘篇（其中 *PLOS ONE* 發表二萬三千八百一十九篇），「總花費」為三千八百零三點九萬美元，將「總花費」平攤到七家

【一】Declan Butler. “Open-access Journal eLife to Start Charging Fees”. [2016-09-29]https://www.nature.com/news/open-access-journal-elife-to-start-charging-fees-1.20700.

【二】例如 *eLife* 創刊於二〇一二年，二〇一三年即被 SCI 收錄。

【三】“2016 Financial Overview”. [2017-11-20] https://www.plos.org/financial-overview.

開放存取期刊發表的二點六萬篇論文，則平均每篇論文的發表成本約為一千四百六十三美元，換算成人民幣約相當於九千五百元。

很顯然，這已經大大偏離人們對在線論文發表成本的想像和常識。若進一步深究，可參看**PLOS**公司財務簡表中開列的各項支出清單。以二〇一六年度為例，出版總計花費三千八百零三點九萬美元，各項支出分別如下：

出版費百分之六十九（二千六百二十四點七萬美元），包括百分之三十四的編輯費（一千二百九十三點三萬美元），百分之二十一的生產費（七百九十八點八萬美元），百分之十四的技術費用（五百三十二點五萬美元）；

常規及管理費百分之二十（七百六十點九萬美元），包括員工工資、人力外包費、法律和財會費、辦公租賃費、銀行手續費等等；

研發費百分之六（二百二十八點二萬美元）包括內容管理系統及辦公軟硬件的更新換代等等；

出版資助費百分之五（一百九十點一萬美元）對一些作者提供免費出版資助。

這樣的賬目表面看上去似乎很清楚，但若仔細參詳，就會發現它實際並未提供生產開放存取論文的具體環節和實際操作過程。比如清單提供的「生產費用」高達近八百萬美元，根據常識，論文作者提交的都是電子文本，經過雜誌編輯後（編輯費用已另外計算），上傳到網絡服務器，這麼簡單的「生產」過程，很難理解為何需要如此巨額花費！

更令人費解的是，*Nature* 雜誌二〇一三年討論開放存取論文成本的文章「開放存取：科學出版的真實花費」中，特別提到「PLOS 和 BMC 在這個問題上避而不談（儘管兩家公司整體都在盈利）」。[一] 如果人們依據官網的財務簡表就很容易獲得相關數據，負責人受訪時又何須對此「避而不談」呢？

有意思的是，PLOS 成立之初，*Nature* 和 *Science* 曾不約而同表示，PLOS 公司收取的文章處理費用對維持旗下刊物正常運行是難以為繼的。[二][三] 後來的事實證明，這樣的判斷和實際情形並不相符。一旦反應過來，兩家期刊辦起開放存取子刊來也就不甘人後了（參見本文第三節內容）。

【一】Richard Van Noorden. "Open Access: The True Cost of Science Publishing". *Nature*. 2013-03-28. 495: 426-429.

【二】Declan Butler. "Open-access Journal Hits Rocky Times". *Nature*. 2006. 441: 914.

【三】"Science Editor-in-chief Warns of PLOS Growing Pains". [2004]https://www.nature.com/nature/focus/accessdebate/6.html.

（二）開放存取期刊的利潤空間

事實上，開放存取期刊發表一篇論文究竟需要多少成本，一直都撲朔迷離。據 *Nature* 上述文章的說法，只有少數新興開放存取出版機構在這一點上願意坦誠相告，比如 Hindawi 出版公司首席戰略師 Paul Peters 就告知，公司二〇一二年旗下期刊共發表二萬二千篇開放存取論文，每篇發表成本約二百九十美元；倫敦 Ubiquity 開放存取出版公司的創立者 Brian Hole 表示「每篇論文成本約三百美元」；*PeerJ* 雜誌的現任主編 Peter Binfield 也承認「期刊每篇論文花費是小幾百美元」。

不過即便成本只是「小幾百美元」，也是一筆不小的費用，而且它完全不能代表開放存取論文發表成本的下限，因為更多的開放存取期刊收費低廉，甚至不收取任何費用。以愛思唯爾為例，目前它旗下擁有開放存取期刊約五百種，其中超過百分之六十的期刊不收取論文處理費用，不到百分之十的期刊收費幅度在一至一千美元之間，百分之二十的期刊收費在一千至三千美元之間，百分之十的期刊收費超過三千美元。

另兩篇二〇一二年發表的文獻也反映了類似情況：二〇一〇年，一千三百七十種期刊上十萬零六百九十七篇論文的平均論文處理費用為九百零四美元，收費價格區間從八至三千九百美元不等。【二】而二〇一一年，六千七百一十三種完全開放存取期刊發表的

三十四萬篇論文，收費和不收費的比例為四十九比五十一，幾乎各佔一半。【二】

此外，如果開放存取論文發表成本如 PLOS 公司財務簡表所顯示的那樣高昂，就很難解釋本文開頭所指出的事實——開放存取期刊和開放存取論文，多年來一直在持續增長。根據 M. Laakso 研究小組的結論，自二〇〇〇年以來，開放存取雜誌以平均每年百分之十八的速度在增加，開放存取論文以平均每年百分之三十的速度在增加。至二〇〇九年，四千七百六十七種開放存取雜誌總共約發表論文已達十九萬篇，佔全球論文總量的百分之七點七。【三】筆者把統計範圍縮小到 SCI 論文，從本文表一可以看出，情況也基本一樣。

開放存取期刊呈現出如此蓬勃興盛繁榮生長的景象，老牌出版集團加足馬力擴張地盤，新興出版公司積極加入力求搶佔市場份額，背後深層的緣由，除了發表論文的市場需

【一】David J. Solomon, Bo-Christer Björk. "A Study of Open Access Journals Using Article Processing Charges". *Journal of the Association for Information Science & Technology*. 2012. 63 (8) :1485–1495.

【二】Mikael Laakso, Bo-Christer Björk. "Anatomy of Open Access Publishing: A Study of Longitudinal Development and Internal Structure". *BMC Medicine*. 2012.10:124.

【三】M. Laakso, P. Welling, H. Bukvova, L. Nyman, B. Björ & T. Hedlund. "The Development of Open Access Journal Publishing from 1993 to 2009". *PLOS ONE*. 2011.

求旺盛，也和論文發表成本低廉直接有關。

（三）開放存取期刊邁入暴利行業

儘管 PLOS 宣稱自己是非營利（not-for profit）公司，但二〇一一至二〇一四年連續實現盈利，且盈利能力非常可觀，利潤率分別為百分之十七、百分之二十點七、百分之二十一、百分之十點七。

事實上，一些大出版公司目前已將科學出版打造成暴利行業，對此不妨參照一些人們熟知的行業進行對比。學者 Alex Holcombe 比較了二〇一三年 PLOS 公司和幾大國際知名企業的盈利率（參見表五），結果表明 PLOS 盈利能力（百分之二十一），遠超澳洲超市零售巨頭 Woolworths（百分之七）和寶馬汽車公司（百分之十二），與國際礦業巨頭 Rio Tinto（百分之二十三）幾乎打平。Holcombe 的統計還揭示，Springer、Elsevier 和 Wiley 這樣的國際學術出版公司，已經將業務做到暴利的程度，盈利能力完全不輸炙手可熱的蘋果公司，這是相當出人意表的。【二】

表五：若干行業的盈利率比較（二〇一三年）

公司	**Woolworths**	**Rio Tinto**	**BMW**	**Apple**	**Springer**	**Elsevier**	**Wiley**	**PLOS**
行業	超市零售業	礦業	汽車	數碼	出版	出版	出版	出版
盈利率	7%	23%	12%	35%	34%	36%	40%	21%

至於從PLOS公司前述年度財務簡表上看，二〇一五年盈虧持平，二〇一六年略虧損百分之二，相對應的是，PLOS公司旗下第一大刊*PLOS ONE*發文數也有大幅下滑之勢，相較二〇一四年的三萬餘篇，二〇一五年下滑至二點八萬篇，二〇一六年進一步減至二點二萬篇。雜誌新主編Joerg Heber的解釋是，*PLOS ONE*發文數大幅縮水是因為「雜誌把投稿刊用率降低到了百分之五十」，這聽起來已經不是一個體面的解釋——在正常的學

【一】Alex Holcombe. “Scholarly Publishers and Their High Profits”. [2013-01-09]https://alexholcombe.wordpress.com/2013/01/09/scholarly-publishers-and-their-high-profits/.

Alex Holcombe. “Scholarly Publishers Profit Update”. [2015-05-21]https://alexholcombe.wordpress.com/2015/05/21/scholarly-publisher-profit-update/. *Nature*雜誌上的文章對相關內容的論述也有同樣結論，參見：Richard Van Noorden. “Open Access: The True Cost of Science Publishing”. *Nature*. 2013-03-28. 495:426-429。

術期刊運營中，高達百分之五十的投稿刊用率已經是難以想像的「濫」了，可是在 *PLOS ONE* 辯解中，它居然成了稿件刊用率的新低！但是事實真相究竟如何，局外人卻很難實際進行驗證。相較而言，Heber 的另一個解釋倒是相當有說服力：隨著更多的開放存取新期刊加入市場，競爭日趨激烈，導致稿源被大幅分流。【一】

PLOS ONE 當前最強勁的競爭對手當數 *Nature* 雜誌旗下的開放存取子刊 *Scientific Reports*，該刊二〇一六年影響因子四點二，論文處理費用一千七百六十美元，明確打出「吸稿」口號：更高的影響因子，更短的審稿週期，更寬鬆的數據使用政策。對投稿作者而言，在收費相近而影響因子更高的情況下，*Scientific Reports* 當然擁有更高的性價比。二〇一七年該刊已超過 *PLOS ONE*，成為開放存取期刊中新的「第一巨刊」。

最後還有一個問題也值得注意：許多收費的開放存取期刊，在公告論文處理費用的網站頁面上，在收費價格後都會附加「不包含增值稅」或「增值稅需另付」字樣，【二】這意味著論文處理費用所產生的相應增值稅部分（VAT）需由作者自理。能將增值稅名正言順轉嫁給作者，是開放存取期刊相較訂閱期刊一個隱蔽的好處。因為後者作為成品出售或訂閱給讀者時，很難向單個客戶提出具體的增值稅數額，所以傳統的訂閱期刊通常還得自己承擔增值稅。而 PLOS 出版公司官網的收費頁面並未提供支付增值稅的信息，這或許和它

的「非盈利」經營性質有關，因為這有利於它申請到免稅資格。【三】

PLOS ONE 的收入模式代表了當前收費開放存取期刊的主流，主要由三塊構成：發表收費（也就是論文處理費用，佔總收入的九成以上）以及贊助費用和廣告收入。

值得一提的是，除可直接從論文作者處收取費用外，各大基金會對開放存取的強力資助，也是各類出版機構和公司樂意積極啟動開放存取期刊的重要動力。

二〇一四年，歐盟／歐洲委員會（**European Union/European Commission**）主導的「研究和技術發展框架項目」，計劃對第八期（二〇一四—二〇二〇年）的「地平線二〇二〇計劃（**Horizon 2020**）」撥款八百億歐元。該基金允許各大出版商「在符合撥款協議規定的條款和條件下申請資助開放存取」。對各大出版集團而言，這就如同天上掉下了一塊巨

【一】Phil Davis. "Scientific Reports Overtakes PLOS ONE As Largest Megajournal".[2017-04-06] https://scholarlykitchen.sspnet.org/2017/04/06/scientific-reports-overtakes-plos-one-as-largest-megajournal/.

【二】"Publication Charges". http://www.wileyopenaccess.com/details/content/12f25e0654f/Publication-Charges.html.

【三】"Exempt Organization Business Income Tax Return". [2016]https://www.plos.org/files/PLOS2016Form990T.pdf.

型餡餅，不過這對它們的遊説能力也是巨大考驗，一時間爭奪八百億歐元基金的「戰場」硝煙瀰漫。【一】為什麼像 *PLOS ONE* 這樣的開放存取期刊，願意將自己的盈利情況「污名化」，甚至宣稱自己虧損呢？這在商業上通常應該是企業極力試圖掩蓋的。這或許也可以從爭奪「八百億歐元大餡餅」的戰場策略去理解——宣稱自己正在虧本做一件造福人類的事情，總比宣稱自己正在從中贏利更有理由申請資助吧？

（四）從開放存取走向「掠奪性期刊」

事實上，開放存取期刊的「作者付費模式」，很容易把事情引向另一個極端：發文越多就意味著賺錢越多，有發稿需求的作者很容易成為捱宰的肥羊，由此催生出一批專門以賺取「論文處理費用」為目的，卻對文章質量不嚴格把關，甚至不經審稿就發文的開放存取期刊。在發表於 *Nature* 的文章中，卡羅拉大學圖書館員 Jeffrey Beall 把這類期刊稱為「掠奪性期刊」（predatory journal）。【二】在實際操作過程中，「掠奪性期刊」常用以下欺騙手法：【三】

對「論文處理費用」沒有明碼標價，先接受稿件後寄送賬單；

不經事前徵詢就將知名學者列入編委會，或乾脆偽造編委會成員名單；

期刊名通常對知名期刊進行模仿，習慣冠以「國際」（International）、「全球」（Global）、「世界」（World）等字樣；

網站主頁掛出的辦公地址（先進歐美國家）和要求匯款的賬戶銀行地址（落後發展中國家）往往不相符；

偽造國際期刊標準編號（ISSN）；

偽裝成 SCI 期刊，偽造假的影響因子。

二〇一〇至二〇一六年，Beall 曾逐年推出「掠奪性期刊」黑名單（Beall's Lists），在學界引起極大關注和討論。但是這樣的工作，無論是在理論建構上，還是實際操作上，都極為艱巨。

與此相應，另一些研究揭露的數據也觸目驚心：二〇一〇年「掠奪性期刊」約為

【一】Jop de Vrieze. "Horizon 2020: A €80 Billion Battlefield for Open Access". [2012-05-24]http://www.sciencemag.org/news/2012/05/horizon-2020-80-billion-battlefield-open-access.

【二】Jeffrey Beall. "Predatory Publishers are Corrupting Open Access". *Nature*. 2012-09-12. 489: 179.

【三】Declan Butler. "Investigating Journals: The Dark Side of Publishing". *Nature*. 2013-03-27. 495: 433-435.

一千八百種（對應發文數五點三萬篇），至二〇一四年已激增至八千種（對應發文數四十二萬篇）！[二] 可以毫不誇張地説，「掠奪性期刊」已經成為開放存取運動當前最大的災難性後果。[三]

五、開放存取期刊怎樣掠取中國的科研經費

討論了開放存取期刊的利潤之後，另一個問題自然會浮現出來：既然這是一門賺錢生意，近年中國作者在國外期刊上發表論文的數量又大幅增長，那麼開放存取期刊如何賺中國作者的錢？這個問題不僅有學術意義，更有現實意義。

我們選擇了八種頗有代表性的開放存取期刊作為統計分析對象。這八種期刊之所以入選，各有重要原因。

首先是二〇一七年中國作者在其上的發文數量全都超過了一千篇；若干種是因為它們巨大的論文發表數量，比如在開放存取期刊中長居老大的 *PLOS ONE* 和後來者居上的 *Scientific Report*；而《腫瘤生物學》（*Tumor Biology*）則因它在一百零七篇中國作者論文被撤事件中的惡

劣表現，以及近年的臭名昭著而特別入選——二〇一六年它被施普林格集團從旗下期刊中清理出門，二〇一七年七月它被科睿唯安從 SCI 期刊名單中清理出門。【三】

統計數據見表六（按二〇一七年期刊發文數量排序）：【四】

【一】Cenyu Shen, Bo-Christer Björk . "Predatory Open Access: A Longitudinal Study of Article Volumes and Market Characteristics". *BMC Medicine.* 2015-10-01. 13 (1): 230.

【二】對於掠奪性期刊，筆者有另文深入探討和研究。

【三】Alison McCook. "When a journal retracts 107 papers for fake reviews, it pays a price". [2017-08-16] http://retractionwatch.com/2017/08/16/journal-retracts-107-papers-fake-reviews-pays-price/.

【四】數據來源：Clarivate Analytics 發佈的 web of science 核心合集 SCI 和 JCR 數據庫，採集日期：二〇一八年一月二十二日。數據説明：1.因二〇一七年期刊影響因子尚未公佈，表六中取二〇一六年數值。2.儘管 SCI 並未將 *International Journal of Clinical and Experimental Medicine* 雜誌發表的文章歸入開放存取，但該刊官網明確宣稱該刊為開放存取期刊（http://www.ijcem.com/aboutus.html），表六從之。3.表中上起第七行「每篇收費」來自各期刊官網二〇一七年報價。4.因 *Tumor Biology* 已在二〇一七年被清除出 SCI，表六中以二〇一六年數據代之。

表六：八種著名開放存取期刊發文、收費、影響因子及中國作者貢獻費用一覽表

年份	**2012**		**2017**					**2016**
刊物	發文數	中國作者發文數	發文數	中國作者發文數	中國作者發文佔比（%）	每篇收費（美元）	中國作者貢獻費用（美元）	影響因子
Scientific Report	804	154	25,749	7,596	29.5	1,675	12,723,300	4.2
PLOS ONE	23,456	3,633	22,373	3,213	14.4	1,495	4,803,435	2.8
Oncotarget	186	6	11,364	9,122	80.3	3,400	31,014,800	5.1
Oncology Letters	529	262	1,880	1,290	68.6	1,190	1,535,100	1.4
RSC Advances	1,740	622	6,676	4,254	63.7	750	3,190,500	3.1
Medicine	35	0	3,344	1,778	53.2	1,550	2,755,900	1.8
International Journal of Clinical and Experimental Medicine	47	12	2,077	1,979	95.3	1,680	3,324,720	1.1
上列七種期刊二〇一七年中國作者總篇數和貢獻費用總值				**29,232**	-	-	**59,347,755**	-
***Tumor Biology* (2016)**	454	109	1,674	1,097	65.5	1,500	1,645,500	3.6

首先從表六的數據中可以看到，表中大部分期刊在這五年中發文數量都大幅增長，這和本文前面描述的總體趨勢完全一致。*PLOS ONE* 的例外，如前所述是因為競爭對手大批進入，嚴重分流了稿源；後來者居上的 *Scientific Report* 則劇烈增長，從二〇一二年的八百零四篇增長到二〇一七年的二萬五千七百四十九篇，增長了三十一倍。*International Journal of Clinical and Experimental Medicine* 增長了四十三倍多，*Oncotarget* 更是增長了六十倍。

其次，在本文前面的討論中，我們已經知道，進入 SCI 幾乎是開放存取雜誌能夠從前端收費中盈利的必要條件（極少數未進入 SCI 卻也標明收費價格的期刊往往處於「有價無市」的狀態）。那麼表六的數據清楚顯示：收費和影響因子的關係，基本上是赤裸裸的「一分錢一分貨」的商業規則。大體上，「主流收費區間」在一千五百至五千美元之間，例如未進入表六的 *Nature Communications* 影響因子有十二點一，可以收五千二百美元，超出上限；而表六中影響因子二點八的 *PLOS ONE* 因為走大量發文的「廣種薄收」路線，收取下限還要再優惠五美元。

最後，要瞭解這些開放存取期刊如何掠取中國的科研經費，從表六中可以看到觸目驚心的數據。將上起第五列的數值（二〇一七年中國作者發文數）乘以上起第七行的數值（每篇收費），就得到上起第八行的數值（二〇一七年中國作者貢獻費用）：

僅僅在表六中前七種開放存取期刊上，僅僅二〇一七年一年，中國作者就貢獻了近六千萬美元，或者說三點八億多人民幣！

我們還可以利用表六初步估算中國作者向國外開放存取期刊貢獻費用的總規模：表六顯示，二〇一七年中國作者在表六中前七種期刊上總共發表了二萬九千二百三十二篇論文，單篇論文的平均費用是二千零三十美元；而 SCI 數據庫顯示，二〇一七年中國作者總共發表了六萬九千零五十一篇開放存取論文，我們保守假定平均每篇的費用為一千七百美元，則六萬九千零五十一乘以一千七百，等於一億一千七百三十八萬六千七百美元，**即二〇一七年中國作者向開放存取期刊貢獻的總費用約為七點六億人民幣**。筆者還用同樣的方法和同樣的數據來源，估算了二〇一六年中國作者向開放存取期刊貢獻的總費用，同樣約為七點六億人民幣。由於我們採用了保守的估計，這顯然只是總規模的下限。考慮到這些費用幾乎全部是用科研經費報銷的，所以這些都是中國納稅人的錢。

再看看表六中的上起第六行，二〇一七年中國作者在這八種期刊發文總數中的佔比，臭名昭著的 *Tumor Biology* 高達百分之六十五點五，*Oncotarget* 高達百分之八十點三，*International Journal of Clinical and Experimental Medicine* 更達到了驚人的百分之九十五點三，簡直就是為中國作者量身定製的美國期刊！

二〇一七年初，當中國作者一百零七篇論文被撤銷事件剛剛曝光時，筆者就在《光明日報》上發表了題為「**應該盡快公佈『掠奪性期刊』黑名單**」的文章，明確主張：

> 有關部門（比如教育部）應該盡快公佈一個國外「掠奪性期刊」的黑名單。《腫瘤生物學》就應該在名單上。對於黑名單上期刊，在上面發文章不算學術成果，版面費不得在科研經費中報銷。【一】

當有關管理當局還在為「黑名單」的提法瞻前顧後、猶豫不決時，有些基層單位的管理部門早已及時採取了應有的措施。例如表六中的 *PLOS ONE*、*Medicine*、*Oncotarget*、*Scientific Report* 四種期刊，在中國一些科研機構和醫院中已經有了「**四大水刊**」（縮寫為

【一】江曉原：〈應該盡快公佈「掠奪性期刊」黑名單〉，《光明日報》，二〇一七年四月二十七日。

PMOS）的惡名。【二】從「四大水刊」，到本文表六中的八種在中國瘋狂吸金的開放存取期刊，再到已經引起國際上正直學者抨擊的「掠奪性期刊」，這其間的過渡是非常平滑的。

另據二〇一七年七月三日發佈的《中國國際科研合作現狀報告》資料顯示：二〇一五年我國當年的「國際合作論文」的發表數量已達七點一萬篇，位列全球第三；這些國際合作論文中「受中國國內經費資助」的比例近年急劇上升，從「十一五」期間的百分之三十一點六，倍增至「十二五」期間的百分之六十五點二。例如 SCI 資料庫顯示，二〇一五年 *PLOS ONE* 發表的中國作者文章中約百分之三十七為「國際合作論文」。

種種跡象表明，中國的科研經費，正在以驚人的速度和規模，大量流入國外一些性質非常可疑的期刊囊中。考慮 DOAJ 當前收錄的開放存取期刊已超過一萬種，及時重視這個問題，對中國的科研管理部門來說已經到了刻不容緩的地步。

六、結語：開放存取運動的本質

從今天的實際情形來看，「開放存取運動」最初描繪的烏托邦願景，早已淪為出版商招攬生意的營銷手段和宣傳噱頭，出版商在自己官網放上〈布達佩斯開放存取宣言〉中那些冠冕堂皇的話語時，主要目的就是努力説服論文作者「慷慨賜稿」，因為伴隨而來的將是滾滾不盡的「論文處理費用」。

毋庸諱言，科學期刊的出版在很長時間內一直是暴利行業，而且有愈演愈烈之勢，愛思唯爾、施普林格等大出版集團都是如此，並因為這一點而備受指責。一些人士似乎是義憤填膺地指出：科學家辛辛苦苦做出了科研成果，為了發表它們要支付版面費（處理費用），發表之後又要以越來越高的價格將科學期刊買回來，這聽起來不是很不公平嗎？

於是，「開放存取運動」應運而生了。發表免費，閱讀免費，讓全世界所有的科研成果都可以被全人類免費共享，這樣的烏托邦聽起來不是既公平又美好嗎？

但是，「開放存取運動」興起到今天，已經超過二十年了，我們看到這個運動所許諾的烏托邦降臨了嗎？愛思唯爾、施普林格等大出版集團的期刊定價停止上漲了嗎？它們的暴利狀態改變了嗎？都沒有。

【一】據説有些高校和醫院已經規定不能報銷在這「四大水刊」上發表文章的費用，這無疑是一個正確而有力的措施。參見在線文章：〈文章發在灌水雜誌上，很丟臉嗎？〉，http://www.360doc.com/content/17/0709/07/19913717_669961508.shtml.2017-07-09.

我們看到的，卻是越來越多的開放存取期刊給大出版集團提供了新的利潤增長點。在能夠收費的開放存取期刊那裡，閱讀確實是免費了，但社會仍然在為這些期刊支付費用，只是從傳統訂閱期刊的「後端付費」（訂閱或購買者支付期刊費用）改成了「前端付費」，期刊還未上線，作者的「論文處理費用」已經支付給期刊了。這還使期刊處於更為有利的地位，因為「前端付費」幫助期刊規避了幾乎全部的財務風險。

所以「開放存取運動」的結果是，傳統期刊的「奶酪」總體並未受損，期刊出版商卻利用開放存取期刊找到了新的「奶酪」，大出版集團的暴利有增無減，甚至錦上添花。

更需要警惕的是，開放存取期刊帶來的新利潤，是以嚴重傷害科學的學術生態為代價的，**因為這些利潤實際上絕大部分來自發表低端甚至垃圾論文**，而這些急劇增長的開放存取論文的發表，使得科學發表的學術標準進一步降低和混亂——想想「二百五十九美元發到死」的期刊吧，這不是在徹底顛覆「發表」的基本意義嗎？西方世界那些長袖善舞的玩家，洞悉了當今世界科學日益泡沫化、商業化的趨勢，隨之起舞，成功地從中漁利，卻對科學未來的學術生態毫不顧惜。

大量發表低端論文的開放存取期刊，作者藉它們實現稻粱謀，出版商藉它們獲取利潤，**惟獨廣大讀者是不需要它們的，因為這些低端論文幾乎不會有讀者**。現實形成了對

〈布達佩斯開放存取宣言〉中烏托邦敍事的辛辣諷刺。

如果說，「開放存取運動」還沒有在中國大行其道，開放存取期刊還沒有在中國如雨後春筍般冒出來，這絕不應該被看成「未和國際接軌」的遺憾，反而應該看成中國科學期刊的幸運。而被我們許多人頂禮膜拜的「國際科學共同體」，面對「開放存取運動」這種極具欺騙性又極度商業化的亂流，如果還有抵抗能力或自我修復能力的話，開放存取期刊終將盛極而衰，我們中國科學期刊就不必去蹚這灘渾水了。

原刊《上海交通大學學報》二〇一八年第二十六卷第三期，署名江曉原、穆蘊秋

作者簡介

江曉原，上海人，一九五五年生，上海交通大學講席教授，科學史與科學文化研究院首任院長。一九八二年畢業於南京大學天體物理專業，一九八八年畢業於中國科學院，是中國第一位天文學史專業博士。一九九四年，被中國科學院破格晉升為教授。一九九九年在上海交通大學創建中國第一個科學史系。已在國內外出版著作約百種，發表學術論文約兩百篇，並長期在京滬報刊開設個人專欄，發表大量書評、影評及文化評論。學術思想在國內外受到高度評價並引起廣泛反響。新華社曾三次為他播發全球通稿。

重要著述年表

1《天學真原》，瀋陽：遼寧教育出版社，一九九一年，一九九五年，二〇〇四年，二〇〇七年；（繁體字版）台北：台灣洪葉文化事業有限公司，一九九五年；北京：譯林出版社，二〇一一年；上海：上海交通大學出版社，二〇一八年。

2《星占學與傳統文化》，上海：上海古籍出版社，一九九二年；桂林：廣西師範大學出版社，二〇〇四年；武漢：湖北科學技術出版社，二〇一六年。

3《世界歷史上的星占學》，上海：上海科技教育出版社，一九九五年；瀋陽：遼寧教育出版社，二〇〇五年；（韓文版）首爾：Bada 出版社，二〇〇八年；上海：上海交通大學出版社，二〇一四年。

4《性張力下的中國人》，上海：上海人民出版社，一九九五年；上海：東方出版中心，二〇〇六年；上海：華東師範大學出版社，二〇一一年。

5《周髀算經譯注》，瀋陽：遼寧教育出版社，一九九六年；《〈周髀算經〉譯注．新論》，上海：上海交通大學出版社，二〇一五年。

6《天學外史》，上海：上海人民出版社，一九九九年；上海：上海交通大學出版社，二〇一六年。

7《回天——武王伐紂與天文歷史年代學》（與鈕衛星合著），上海：上海人民出版社，二〇〇〇年；上海：上海交通大學出版社，二〇一四年。

8《江曉原自選集》，桂林：廣西師範大學出版社，二〇〇一年。

9《天文西學東漸集》（與鈕衛星合著），上海：上海書店出版社，二〇〇一年。

10《歐洲天文學東漸發微》（與鈕衛星合著），上海：上海書店出版社，二〇〇九年。
11《中國星占學類型分析》，上海：上海書店出版社，二〇〇九年。
12《劍橋插圖天文學史》（譯著），濟南：山東畫報出版社，二〇〇三年；（繁體字版）台北：如果出版社，二〇〇八年。
13《交界上的對話——二化齋科學文化論集》，南京：江蘇人民出版社，二〇〇四年。
14《紫金山天文台史》（與吳燕合著），石家莊：河北大學出版社，二〇〇四年；濟南：山東教育出版社，二〇〇四年。
15《小樓一夜聽春雨》，武漢：湖北教育出版社，二〇〇五年。
16《科學史十五講》（主編），北京：北京大學出版社，二〇〇六年，二〇一六年。
17《我們準備好了嗎？——幻想與現實中的科學》，北京：科學出版社，二〇〇七年。
18《中國天文學會往事》（與陳志輝合著），上海：上海交通大學出版社，二〇〇八年。
19《想像唐朝．唐人小説》，（繁體字版）台北：大塊文化出版股份有限公司，二〇一〇年；（簡體字版）北京：文化藝術出版社，二〇一〇年。
20《隨緣集——江曉原三十年集》，上海：復旦大學出版社，二〇一一年。
21《脈望夜譚》，上海：復旦大學出版社，二〇一二年；（增訂版）上海：上海科學技術文獻出版社，二〇一七年。
22《性學五章》，北京：海豚出版社，二〇一三年，二〇一四年。
23《科學外史》，上海：復旦大學出版社，二〇一三年；（珍藏版）上海：上海人民出版社，二〇一七年。
24《科學外史》II，上海：復旦大學出版社，二〇一四年。
25《反思科學——江曉原自選集》，上海：上海文藝出版社，二〇一五年。

26《江曉原科幻電影指南》，上海：上海交通大學出版社，二〇一五年。
27《中華大典·天文典》全五卷（主編），重慶：重慶出版社，二〇一五年。
28《科學中的政治》（與方益昉合著），北京：商務印書館，二〇一六年。
29《新科學史·科幻研究》（與穆蘊秋合著），上海：上海交通大學出版社，二〇一六年。
30《中國科學技術通史》全五卷（總主編），上海：上海交通大學出版社，二〇一六年。
31《*Nature*雜誌與科幻百年》（與穆蘊秋合著），北京：海豚出版社，二〇一七年。
32《中國古代技術文化》，北京：中華書局，二〇一七年。
33《在數字城堡遇見戈爾和斯諾登》，北京：科學出版社，二〇一七年。